於國王專用船艦白銀王者號上
U0025668
覆蓋艾因整條右手臂，散發黑色光輝的甲冑——
無庸置疑，那當然是艾因召喚出來的東西。
「啊————————！」
他的怒吼充滿了殺氣，房間中的空氣為之震撼。
獲得魔物力量的我是最強的！
魔石傳記 3
maseki gurume
mamono no chikara wo tabeta ore ha saikyou!

這次前往伊思忒調查，對身為研究學者的她來說可是夢寐以求的行程。
「呵呵呵！真令人期待喵！」
「還要花很多時間才會到，可別太興奮喔。」
克莉絲
年紀輕輕便擔任元帥的美麗精靈，有時有點少根筋。
艾因
伊修塔利迦王國王儲，擁有轉生特典技能【毒素分解EX】。
於魔法都市伊思忒直達車貴族專用車廂中

迪爾
敬仰著艾因的青年騎士，劍術的才華引人注目。
「我知道喵！真是的！
你是不是以為我是什麼小孩子喵？」
「不，是更加吵鬧的——沒什麼。」
凱蒂瑪
伊修塔利迦王國大公主，自由自在的貓妖族。

「好想快點見到你。
我似乎……比自己想得
還要耐不住寂寞。」
接著，庫洛涅不小心傳送出來的聲音化作語音。
雖然和以往的訊息相比相當簡潔，其威力卻難以估計。
「唔──得快點回覆才行！」
庫洛涅
前海姆王國的大公爵家千金，
艾因的未婚妻。

魔石傳記

獲得魔物力量的我是最強的！

結城涼

插畫 成瀬ちさと

3

maseki gurume
mamono no chikara wo tabeta ore ha **saikyou!**

Kadokawa Fantastic Novels

contents

maseki gurume
mamono no chikara wo tabeta ore ha **saikyou!**

序章

最近幾天，伊修塔利迦中充滿了歡喜的聲浪。

這是因為王儲艾因立下了豐功偉業。他成功討伐了損害程度僅次於魔王的災禍——海龍。

比艾因率先一步前往港都瑪格納的討伐隊，經過背水一戰討伐了一頭海龍。

然而還有另一頭海龍。消耗激烈的討伐隊當時已做好全滅的覺悟。

不過，此時艾因現身以一對一的戰鬥成功討伐了另一頭海龍。他拯救了在現場進行指揮的克莉絲，氣滿志得地回到了都城。

艾因返回後過了幾天。

「不過，完全沒有給艾因任何獎勵……你們不覺得他有點可憐嗎？」

這麼說的人是王妃拉拉露亞。她在三名男人面前表達自己的意見。

一位是她的夫君，國王辛魯瓦德。另一位則是前任元帥羅伊德，第三位是宰相沃廉。

「重點就在於你有國王的立場，所以沒辦法給他獎勵，對吧？」

艾因完成的偉業可說是有如初代國王般勇敢的作為。不過，艾因在達成這項功績之前，他不顧自己貴為王儲的身分，違抗了辛魯瓦德的命令，這才是問題所在。

縱使如此，對於艾因沒有獎勵這件事，拉拉露亞仍然感到無法釋懷。

「唔、唔嗯……但是，朕也無法允許身為王族的妳給予獎勵。」

「容微臣進言，陛下。本人羅伊德也能理解王妃殿下語中的含意。成為了英雄的艾因殿下，當時的行動確實有些獨斷橫行，但是他還是立下了如此功績。」

前任元帥語畢，拉拉露亞緊接著開口：

「是啊，正如羅伊德閣下所言，臣民甚至有可能會對此感到不滿。」

「這一點朕也明白。但是——」

「親愛的——凱旋而歸回到都城的艾因，究竟是乘坐什麼交通工具呢？」

「那還用說嗎？是奧莉薇亞皇家公主號。」

「這是為什麼？為什麼是奧莉薇亞皇家公主號呢？」

「妳這麼問朕……因為這是最好的方法吧？畢竟艾因不能使用朕的船，而奧莉薇亞皇家公主號也正好在瑪格納。」

那又怎麼樣？辛魯瓦德瞇起眼對拉拉露亞說道。

「不懂察言觀色這一點你遲遲改不掉啊。為什麼一牽扯到家人就會變成這樣呢……」

由於在場皆是理解彼此性情的人，總是尊敬夫君的她便展現出輕鬆的態度。

「沃廉，若是你的話應該明白吧？」

「當然。這是因為艾因殿下沒有專用的船艦吧。」

「沒錯。所以這次的事件不是正好可以借題發揮嗎？」

專用船是能以國家名義贈與的禮物。

他們無法保證今後不會出現類似這次的事件，因此她的提議並不壞。

「他可是拯救許多性命的英雄，由國家給予獎勵是理所當然的。我有說錯嗎？」
「唔、唔嗯……這個嘛……妳說得沒錯。那麼事不宜遲，這件事情就——」
「親愛的，能交給我處理嗎？」
「能先告訴朕妳的想法嗎？實在讓人膽戰心驚。」
「這次我們獲得了兩樣好東西，對吧？」
「……拉拉露亞殿下，您該不會……？」
沃廉一臉驚愕地望著拉拉露亞。
「我們使用其中一整頭海龍吧。我將會造出今後能成為我們伊修塔利迦象徵的傑作。來造出一艘更勝於你的白銀王者號的船吧。」
「妳……沒想到妳會來這招。」
「反正有兩頭，一頭用在討伐了海龍的艾因身上也無妨吧？啊啊，我對你的裁決沒有異議，只不過這是兩碼子事。」
伊修塔利迦王室的女性代代都十分強悍。
這位名為拉拉露亞的王妃在這方面尤其顯著。
「這個嘛……新的戰艦就取這個名字吧！」
——海龍艦利維坦。這是她脫口而出的戰艦名。
「看來會成為一艘適合英雄搭乘的船呢，陛下。」
「嗯……還不錯。朕也開始有這種感覺了。」

◇　◇　◇

同一時刻，位於都城海港。

總是被許多海產占領的地方，最近幾天橫躺著兩具海龍的屍體。

「葛拉夫大人，頭部已肢解完成！」

「辛苦了。那麼接下來——」

葛拉夫・奧加斯特。他不使用奧古斯特這個姓氏，改用奧加斯特在伊修塔利迦生活。

他之所以會在海港，是因為和現在的工作有關聯。他在海姆有段時期被稱為貿易的霸者，陸運通路的所有一切，甚至可說是全由他負責也不為過。

王室看中他這些能力，便出資打造奧加斯特商會。

這間新銳商會以都城為中心拓展規模，這次也參與了海龍搬運等事務。

如今的他帶著自己稱為老爺子，服侍他多年的僕役，致力於海港的工作。

「真是顆巨大的空魔石啊！竟然討伐了擁有這種東西的魔物，王儲殿下可真是了不起！」

「未來一片光明啊！來，緊接著做！」

一邊聽著專家們熱烈的讚嘆，葛拉夫環視工作地點。

——接著。

「葛拉夫大人！葛拉夫大人——！」

「嗯……發生了什麼問題嗎？」

隸屬於商會的師傅呼喚著葛拉夫。

「有些東西想請您確認……請您先過來一趟。」
「嗯，知道了。老爺子，這裡就交給你了。」
「明白了。」
將現場指揮交給老爺子，葛拉夫便前往確認。
接著，他來到的地點是海面旁的棧橋。那裡攤放著肢解到一半的海龍腹部。
「非常抱歉突然請您過來，會長。」
「不要緊。發生了什麼事？」
「請看那個……」師傅以手指向棧橋上方，那裡放著兩顆巨大的蒼白色球體。
「那是從海龍肚子一帶取出來的……裡面有東西在動。」
接著，葛拉夫的臉變得和球體的顏色一樣蒼白。
「難道是蛋嗎？」
「恐怕是的。由於我們無法做出更進一步的決策，才會請您過來。」
「這樣的東西……老夫也無法下決策。」
這是可以擅自破壞的東西嗎？但如果這是貴重品，他可無法承擔破壞的責任。
葛拉夫煩惱許久後，命令老爺子擔任奧加斯特商會的使者，前往王城。
——經過數十分鐘後，超越葛拉夫想像的人數抵達現場。
「葛拉夫閣下。我們接到聯絡便過來了……聽說找到了蛋，這是千真萬確的事實嗎？」
「羅伊德閣下。是啊，老實說這讓老夫難以決定該如何是好，所以才想拜託各位做確認。」

抵達現場後，第一個從馬背上下來的人是羅伊德，緊接著便看到艾因和克莉絲的身影。

雖然羅伊德已經成為辛魯瓦德的專屬護衛，但由於事關重大，他便親自到場。他的裝備充滿威嚴，全身散發的氣場光是站在他身旁彷彿就要被震懾，釋放的威壓感讓人一眼就能理解，這個人正是長年擔任伊修塔利迦元帥職務的男人。

「……這就是疑似海龍蛋的東西嗎？」

就算只是蛋，對象也是海龍。以羅伊德為首，騎士全員拔出了劍加強警戒。

毫無預警，蛋殼出現了一絲裂痕。

「唔——羅伊德大人！是不是要孵出來了……？」

「嗯！我知道！無論如何，都不能讓牠們靠近艾因殿下！」

「當然！所以艾因殿下，請您退後一點。」

「我知道啦……我今天不會胡來的。」

艾因原本待在奧莉薇亞的房間，聽克莉絲提起這件事後，便硬是要求跟著一起來。

就在他們交談的時候，裂痕遍布了整個外殼。

「嗶……嗶——！」

蛋破裂後，出現了兩隻小小的海龍。

那散發出蒼白光輝的身體，完美符合海龍的特徵。

海龍拍動著魚鰭確認身體動作的模樣著實可愛，體長約有一米左右。身體中間較為粗壯，頭尾的部分則顯得細長。

以艾因前世的記憶來看，那模樣可愛得讓人聯想到尼斯湖水怪。

「呃，克莉絲小姐？那兩隻海龍也要討伐嗎？」
「這是當然的……反過來問您，為什麼不處理掉？」
就在兩人談話的期間，羅伊德握緊長劍，慢慢靠近雙胞胎海龍。
雙胞胎海龍一邊依偎著彼此，一邊發出尖銳的叫聲威嚇羅伊德，並顫抖著身體向後退。
「畢竟他們已經沒有父母了啊……父母的魔石還被我吸收了。唔嗯……各方面都讓我有點愧疚。」
「那、那個……艾因殿下？您在想些什麼呢？」
「我晚點也會向克莉絲小姐說明——羅伊德先生，等一下。」
聞言的羅伊德沒有回頭，只是停下了腳步。
「怎麼了嗎？」
「是因為那對雙胞胎很危險，才要殺牠們對吧？」
「您說得沒錯。為了讓牠們今後不會危害伊修塔利迦。」
「欸，雖然在都城不常見，不過其他都市有飛龍便之類的吧？」
伊修塔利迦之中有許多都市皆會使用魔物。
據說從小培育的魔物們，會乖乖聽從飼主的話，成長為溫順的魔物。
「克莉絲小姐，跟我來。」
艾因突然向前走去，沒能立即阻止的克莉絲便順著艾因的意追上了他。
看到接近自己的艾因，兩隻海龍一邊「嗶嗶」地啼鳴，一邊靠向他。
「啊——果然。」
望著可愛雙胞胎的行動，艾因同時開始闡述自己的發現：

「對這兩隻海龍來說，我就等同牠們的父母。不過……不是因為印隨反應那種現象。」

雖然只是他的猜想，不過艾因認為雙胞胎能從他身上感應到體內寄宿的海龍氣息。

既然杜拉罕感應到妻子魔石的存在，海龍同樣能感應到魔石氣息也很合理。

「欸，羅伊德先生。要殺這兩隻海龍很簡單嗎？」

「……我能一口氣葬送這兩隻的性命。」

「克莉絲小姐也是嗎？還有，迪爾也做得到？」

「沒有問題。照這個樣子來看，在王城裡的騎士們也能毫無阻礙地討伐。」

聽到羅伊德說沒有問題，艾因開始思考。

「那麼，今天一天就好，你們能幫忙管理牠們嗎？」

「這點程度是沒有問題……您打算怎麼做？」

羅伊德屈服了。光是如此，艾因便不禁沉浸在宛如勝利般的優越感中，露出微笑。

「這種時候當然會出現經典橋段！那就是要去拜託家人，能不能讓我飼養撿到的動物！」

艾因不禁露出竊笑，腦中浮現在王城裡的辛魯瓦德的臉龐。

「首先要去問父親『我可以養寵物嗎？』，雖然我的話……詢問的對象是爺爺就是了。」

羅伊德張大了嘴僵直在原地，克莉絲則在艾因身旁抱頭苦惱。

趁著羅伊德露出的破綻，雙胞胎靠近艾因撒嬌的模樣，也讓周邊的騎士們不禁感到無奈。那光景簡直充滿了憐愛。

辛魯瓦德也沒有花多少時間，便同意艾因飼養海龍。

恢復的日常與些微的陰影

距離討伐海龍過了一個月左右的某天。

再過一個月，艾因就要作為國王的代理人前往埃伍勒。

與海龍戰鬥時受的傷恢復得十分順利，最近幾天已經康復到能夠握劍進行訓練。

直到不久前還動不了的手臂，大概也不需要太長的時間便能恢復原本的狀態吧。

艾因今天也一大早就稍微活動了筋骨。

接著，他前往凱蒂瑪位於地下的研究室。

打開研究室的門，看到被岩石牆壁和地面包圍的地下空間，他不禁呢喃道：

「不管什麼時候過來，這裡的氛圍和上面總是不一樣呢。」

他打開門後踏入室內。研究室這次堆滿了許多魔具，導致空間變得狹窄。

研究室的規模絕對不小。

凱蒂瑪貴為大公主，卻仍能擁有這般研究室，是因為她是一位有名的研究學者，這與她公主的身分毫無關聯。

「……來喵，暴走王儲。」

身為貓妖族的凱蒂瑪，輕輕搖動左右的鬍鬚。

「我問妳，妳開口第一句話是規定非得要調侃我不可嗎？」

「才沒有那回事喵。來，過來這裡坐下喵。」

經過每次都會有的互動，艾因接受了她的歡迎並坐上沙發。

「來，這是克莉絲不惜犧牲睡眠時間，幫忙翻譯成現代語的那本精靈書喵。」

她這麼說著便將紙質很新的一堆紙放到了桌上。

艾因拿起那堆紙，按照順序翻閱內容。

「咦？這張圖上的黑色短劍是——」

「之前克莉絲有說明過喵？死靈巫妖會為了自己的伴侶，使用核心製作出短劍喵。你對這把劍有印象喵？」

「有啊，畢竟那是我的夥伴。」

在海龍討伐戰中，艾因失去了一把黑色短劍。

資料上描繪的短劍，和那把短劍如出一轍。

「短劍的名字是『死祖的碎鐵』，那是死靈巫妖使用原創的魔法，一點一滴削下自己的核心做成的短劍喵。」

「呃……光是聽說明就讓人覺得製作方法很毛骨悚然。」

「不過……能夠給海龍致命一擊，大概就是多虧了那把短劍喵。那把短劍原本應該是類似護身符的東西，會留在最後的緊要關頭使用。根據書上記載的情報，其中似乎蘊含了能夠媲美魔王攻擊的力量喵。」

「……原來如此，難怪能打倒海龍。」

「不過就算是這樣，也是多虧有艾因的活躍喵。哎呀～也要感謝幫忙翻譯書本的克莉絲喵。」

艾因苦笑著在心中道謝：「克莉絲小姐，辛苦了。」

「我想那把短劍，一定是杜拉罕的魔石被搬進王城時，掉落在魔石附近才會一併被搬了進來，之後便沉睡在寶物庫中喵。」

語畢，凱蒂瑪翻了翻艾因手上的那堆紙。

「最後，你看看這個喵。」

看到翻開的頁面上有個新的標題，艾因便能理解這裡記載了重要情報。

他喝了一口放在桌上的水後，視線移向內容。

「我看看……『關於魔王行動的假設，以及一項背叛嫌疑』？」

「嗯！老實說，從這裡開始是關鍵情報喵！」

艾因對於令她如此斷言的情報產生興趣，便十分專注地望著手邊的紙堆。

這位精靈作者壽命相當長久，調查了許多傳說。

其中特別吸引他目光的，是關於魔王行動上的矛盾之處。

那一頁之後的內容記載了精靈作者自己的想法。

◇　◇　◇

「魔王襲擊了伊修塔利迦──不過，如此強大的存在突然現身，這一點實在令人感到不可思議。

魔王的力量十分強大，僅需要使用一次魔法，便能奪去許多性命。

這場戰爭在造成數不盡的犧牲後，終於成功討伐魔王、杜拉罕、死靈巫妖這三名敵人並拉下終幕。

然而，我對這兩位親信卻感到疑惑。

杜拉罕為何只是靜靜等待敵人，而非主動出擊呢？還有死靈巫妖，為何沒有使用攻擊魔法，始終貫徹阻礙人們進攻呢？

我可以斷言。杜拉罕若是先下手為強地做出行動，或是死靈巫妖使用攻擊魔法驅逐人們的話——伊修塔利迦應該已經敗北並毀滅了。

難道牠們太蔑視人類了嗎？這大概是不可能的。

這兩個人從開戰到死為止，都沒有對人們懷抱明確的殺意。

還有一件事，我需要特別寫出來。

在魔王身邊還有一位親信：人型魔物，赤狐之女。她從未離開魔王的大本營，縱使魔王和其他親信動身戰鬥，她也沒有任何作為。

並且，至今仍未尋獲她的屍體，而她率領的種族也消聲匿跡。

被稱為赤狐的魔物，至今仍是充滿謎團的種族。

幻化成人，秉持**享樂主義**的牠們，其性情至今仍沒有詳細解析，也因為牠們從不現身，其目的及生態也留下了謎團——不過，在我能力所及可以查到的資料也到此為止。

因此在最後，我將我透過這個研究獲得的假設，記錄在此。」

「身為親信的赤狐——魔王暴走的契機，很有可能就在她身上。」

◇ ◇ ◇

「……我讀完了。這是什麼？所以說是什麼意思？」

艾因熟知的常識是伊修塔利迦因為魔王的暴行受到了傷害。有許多人喪失性命，並且最後由初代國王討伐了魔王。

「意思是說，魔王是因為某個契機才開始暴走喵。而暴走的契機，作者猜測是一隻魔物喵。」

「如果這是真的，那可是歷史性大發現耶……也就是說，魔王本來並不好戰？」

「若是事實的話，就會是這樣喵。這裡，你看看這幅畫喵。」

凱蒂瑪遞給他一張畫。

畫上是一名大約十五歲左右的可愛少女，梳著一頭銀髮，浮現虛幻的神情。

「——這是誰？」

「魔王喵。」

「呃？不會吧！」

「真的喵。其他資料上也有魔王的素描畫，肯定不會有錯喵。」

要比喻的話，這位魔王是個十分適合花田的少女。

對沒有看過她肖像畫的艾因來說，這驚人的事實讓他啞口無言。

「裝飾在謁見廳的魔石……她就是其持有者喵。」

「可是……光是從外貌來看，她看起來實在不像是會做壞事情的人。」

「我同意你這句話喵。但是到頭來，還是不能以貌取人喵……還有，如果採信你剛剛看的資料，那麼也有可能是親信對魔王做了什麼喵。」

「像魔王這種存在，有可能會被親信這種角色陷害嗎？」

「這我就不知道喵。任何事情都有可能性，將其排除在外是愚蠢的做法喵。」

艾因默默地點了點頭。

雖然書本似乎還有尚未完成翻譯的地方，不過姑且有先聽到令人在意的情報了。

心中充斥了難以形容的情感，在那之後不久，艾因便離開了研究室。

◇◇◇

行道樹的葉子枯萎掉落，早晚吐氣時開始會出現白色霧氣。

離開了凱蒂瑪的研究室，艾因換了身衣服，在傍晚來臨之前，和庫洛涅兩人一起走向中庭的水路。

「……你們真的很會吃耶。」

他的視線彼端是那對海龍雙胞胎。

雙胞胎將頭靠在水路邊，大快朵頤地吃著肉及魔石的模樣沒有一點狂暴凶惡，十分可愛。

艾因幫牠們取了名字。姊姊叫愛爾，弟弟則是亞爾。

「「——啊嗚啊嗚啊嗚啊嗚！」」

雖然幾經波折，不過他獲得了飼養雙胞胎海龍的許可。

對於帶海龍回王城的艾因，大家都感到無語，而當時辛魯瓦德只驚慌失措地說了一句：「快放回原本的地方！」

拉拉露亞及奧莉薇亞面對十分親人的雙胞胎海龍，皆敞開了心扉。辛魯瓦德也啞口無言，最後決定聽聽艾因的說詞。

目前因為還可以養在王城內的水路，所以艾因便將牠們安置於此。

不過，這大概僅限於牠們的身體長大之前吧。

沿著王城內的水路能連通王城內部的沙灘。有時候甚至能看到牠們在內部沙灘玩耍的模樣。

看著蹲下來守望雙胞胎的艾因，庫洛涅也同樣彎曲膝蓋，並開口搭話：

「呵呵——海龍明明被稱為海之王者，牠們卻真是可愛。」

面對雙胞胎，庫洛涅露出笑容，那側臉宛如描繪在聖畫上的聖女一般。

艾因的視線無意中被她吸引。白皙的肌膚以及包覆著寶石般雙眸的纖長睫毛，都蕩漾著惹人憐愛的氣息。

光是她餵食海龍的動作，就能奪去艾因的目光。

「……想要嗎？」

庫洛涅不經意地詢問艾因。

「咦？啊……那當然……」

他以為庫洛涅是在問他想不想要自己。

不過，庫洛涅的話語並非這個意思。

「真是拿你沒辦法——來，請用。」

她拿出來的卻是雙胞胎的飼料魔石。

艾因一臉呆滯，不斷重複眨眼並接下魔石，視線來回流轉在魔石與庫洛涅之間。

「魔、魔石？」

「是啊，是魔石沒錯……你不是想吃嗎？」

庫洛涅疑惑地歪了歪頭，對上了另一邊誤會了「想要嗎？」這句話的艾因。

這是怎樣？因為太過羞恥，艾因不禁撇開了臉，誇張地說：

「對對對！我看到雙胞胎在吃，肚子就不禁餓了起來……！」

他開始非預期地吸收手上魔石的魔力。

這剛好能拿來當做點心。「是梨葡露啊。」嚐到味道後，艾因不禁脫口而出。

「呵呵，愛爾和亞爾之所以這麼貪吃，該不會是像身為爸爸的艾因吧。」

「……誰知道呢。」

「別鬧彆扭，好嗎？」

不是的。這並不是在鬧彆扭。

因為自己會錯意，艾因現在仍然無法直視庫洛涅的臉。而庫洛涅誤解了他行動的意涵，對艾因來說是現在唯一的救贖。

「啾嗄！」

「啾啾！」

「抱歉抱歉。來，繼續吃吧。」

聽見雙胞胎可愛的叫聲，艾因將帶來的飼料放入水中。

「啾嚕嚕！」

「啾！」

大概是因為吃飽了，雙胞胎最後精神飽滿地啼鳴，接著潛入水中。

望著水上的漣漪十幾秒後——庫洛涅率先站了起來。

「艾因，不嫌棄的話，要不要來喝杯茶？」

「謝謝妳的邀請。庫洛涅要幫我泡嗎？」

「是啊，只要艾因不嫌棄我泡的茶。你會嗎？」

庫洛涅呵呵笑著，散發出享受鬥嘴的氣氛。

「如果我一直要求妳繼續泡，妳要怎麼辦？」

「那麼我就泡到艾因滿意為止吧。這麼一來就能慢慢聊天了。」

那真是好點子。艾因這麼說著站了起來。

他與庫洛涅肩並肩踏出步伐。

「雙胞胎可真會游泳，我也想向牠們看齊。」

「接下來要開始練習水中戰嗎？」

「……饒了我吧。我已經有在反省那天的事情了。」

「說笑的。相對的，我來泡美味的茶給你喝。」

踩著輕快的步伐，艾因望著庫洛涅的笑臉，不禁也綻放笑容。

◇　◇　◇

同一時刻。

距離伊修塔利迦十分遙遠，位於海姆王國北邊的貿易都市巴德朗特。

那裡是被海姆王國、埃伍勒公國，以及洛克坦姆共和國包圍的中立都市。這裡正舉辦著三年一次的武鬥大賽。

大陸中的強者齊聚一堂，互相比試。有許多對自己力量有自信的人前來參加這場大賽。

這對貿易都市來說也是賺錢的好時節，因此也是許多攤販及商人相互較勁的一大活動。

今年的大賽也終於來到決賽，會場的氣氛也達到最高潮。

決賽的組合很不可思議，連續三屆大賽皆是相同的兩個人。兩人鍛鍊精幹的身材使出各種招式，奪去了全大陸聚集而來的觀眾們的目光。

「嘖……氣息竟然毫不紊亂！」

大劍彈了回來，羅卡斯一邊喘息著，一邊瞪向敵手。他作為海姆大將軍，對自己的技術具備相當的自信，不過此時勇猛的臉上浮現著急的神情。

「……你變得比三年前要強上許多，簡直像是不同人。」

「聽在我耳裡感覺像挖苦啊……！喝啊啊啊啊！」

對手是有些年紀的男人。他便是伊修塔利迦交易對象，埃伍勒的代表。

他的名字是愛德華。埃伍勒公國元首安姆魯公爵的童年好友，也是擔任那位安姆魯公爵親信一職的老紳士。

這兩個人連續三屆大賽都在決賽舞台交手。

不過，愛德華拿出了翻倍的成果，連續六屆大賽接連進軍決賽。至今為止的五場大賽他均獲得優勝，是令羅卡斯二度敗下陣的強者。

這位名叫愛德華的男人，是大國海姆欽點必須要警戒的實力強大之人。

「對我這老人來說，老老實實從正面接下這一擊實在太沉重……對身體影響甚大啊。」

「唔……你那長槍的技巧還是老樣子，實在令人難以想像這是人類的境界！」

羅卡斯祭出連續攻擊，然而一次都沒有擊中對方的手感。

雖然有時會接下無法避開的攻擊並退後幾步，不過愛德華這位男人的身手宛如翩翩落下的樹葉般輕盈，有時祭出的攻擊卻又如大砲般沉重而強勁。

「哎呀，真是服了！哪怕接下一次攻擊，似乎都無法全身而退。」

「那麼，你要不要直接接下一擊試試！」

「我還得用這身體繼續工作才行，你的提議我敬謝不敏……正因如此，現在分出勝負正合我意。」

愛德華運用忽快忽慢的動作潛入羅卡斯懷中。

他以長槍為主軸俐落地移動身體，躲開羅卡斯的迎擊，並誘導他的動作。接著，長槍握柄的部分打亂了羅卡斯的姿勢，眨眼間長槍便指向他的脖頸。

「勝者是——隸屬於埃伍勒公國的……愛德華！」

羅卡斯自從成年並成為大將軍後，在決鬥上從未吃過敗仗。

然而那一切，全是在武鬥大賽上遇到愛德華之前的事。

這位名叫愛德華的男人，正是全大陸唯一讓羅卡斯吃過敗仗的特別之人。

「這次也是場精彩的比試。來，請吧。」

他對著倒地的羅卡斯伸手。吃下敗仗的羅卡斯雖展現出不甘心的神情，卻仍緩緩伸手握住他的手，站起了身子。

「我老是在想，不知自己究竟何時才能打倒你。」

「我想你總有一天做得到。畢竟你很強，且年紀尚輕啊！」

「呵……能獲得你的稱讚，可真讓人安心。」

格林特在觀眾席望著兩人的互動。

他第一次看到羅卡斯被打倒的模樣。

羅卡斯同時與好幾位海姆騎士對打，也會展現出從容不迫的模樣。但是，在場上與愛德華戰鬥的他卻宛如孩子一般，這給了格林特強烈的衝擊。

「母親大人！總有一天，我會替父親大人報仇給您看！」

格林特轉向坐在身邊的卡蜜拉開口。

聽到兒子的話，她感到很高興，瞬間露出了笑容。

「格林特一定辦得到。因為你可是要成為聖騎士的孩子啊。」

作為聖騎士出生的格林特，簡直是才華的聚集體。

他不需要多少努力便輕易地超越周遭眾人，以壓倒性的速度不斷成長。

再提到另一個強項，那就是莎穠。她是格林特的未婚妻，是一位有著一頭紅髮的可愛女孩。她擁有的「祝福」這項技能，有可能會讓格林特抵達傳說的天騎士那般崇高的地位。她從來沒有忘記過這份期待。

……卡蜜拉對他的前景有無限美好的期盼。

——場景改變，來到貿易都市巴德朗特引以為傲的最高級旅館。

那裡有一名神色不安地等待報告的王族身影。明明我國的國家代表正在決賽舞台上戰鬥，他卻沒有前去觀戰，而是待在旅館的房間裡。而這是有其緣由的。

「還沒……還沒找到嗎！」

男子的名字是帝革魯．馮．海姆——海姆王國的第三王子。

他今年十四歲，比艾因要年長四歲。

他從幾年前便不斷尋找著某位女性，那是一位奪去他心神的女性……那位女性最後的消息，到這個巴德朗特後便消失了。

「王、王子……再請您稍等一會兒……差不多快到了。」

「為何！這是為什麼！妳到底去哪裡了！庫洛涅！」

他曾在庫洛涅年幼時向她求婚，她是帝革魯唯一無論如何都想娶為妻子的女性。

那美麗又惹人憐愛的容貌，閃閃發亮的秀髮。她博學多聞，光是與她聊天，便讓他感到心情愉悅。

對帝革魯來說，庫洛涅這位少女，是毫無死角且無懈可擊的完美存在。

聽說她與隱居的葛拉夫一同銷聲匿跡後，帝革魯以此為由從國費中撥出資金，僱用許多冒險家收集情報，並讓他們進行搜索。

但其結果卻不怎麼理想，完全沒有一點像樣的線索。

「哈雷！為什麼你能那麼冷靜呢！」

帝革魯口中名為哈雷的男人，正是庫洛涅的父親。

當然，他知道庫洛涅現在究竟在何處，也知道內情。

「……恕臣直言，殿下。臣與妻子愛蓮納，這麼久以來也深感悲痛。在我收到他們消失蹤影的情報時，甚至想過要了結自己的生命。但是，看到帝革魯殿下如此擔心他們的身影，作為父母，也作為殿下的家臣，臣深深感到自己必須要堅強，並全力尋找他們的下落。」

這冗長的藉口充滿正當性，帝革魯不禁感到痛心。

「……抱歉，最感到悲痛的明明就是你們。」

「獲得殿下如此體諒，臣深感惶恐。」

不過，這一切全是演技。

因為他很清楚庫洛涅以及葛拉夫的所在地。

——話雖如此，他收到的聯絡也僅有數年前的一則消息而已。

幾年前經由埃伍勒捎來的消息，告訴他兩人已平安渡海並與艾因重逢，過著快樂的日子。

叩叩叩——響起了一陣急促的敲門聲，接著門被打了開來。

「殿下！我們收到了報告！」

一位騎士來到殷切期盼報告的帝革魯身邊。

「喔喔！趕快報告給我吧！」

「是！已查出兩人曾使用過的旅館。還有，也找到極有可能是兩人最後使用的馬車。終於開始漸漸蒐集到可說是線索的情報了！」

「辛苦了！你們繼續進行吧！終於啊……終於啊！」

花了許多時間和金錢才抵達了這一步。

葛拉夫捏造出來的謊言，縱使對象是王族，似乎也無法那麼輕易看破。

「哈雷！或許在不久的將來，你就能見到你的父親與女兒……庫洛涅的身影了！」

帝革魯耿直地相信兩人平安無事。然而貴族之間，卻充滿了兩人可能早已遭到殺害，或是作為奴隸被賣出去的傳聞。

面對始終相信他們平安無事的帝革魯，哈雷一邊感慨一邊心想：他那份心意似乎無法傳達到庫洛涅的心中。

「臣非常感謝殿下如此致力。妻子平時也總是對殿下懷抱感恩之心。若是成功找到兩人，不只是父親，臣也會讓庫洛涅好好向殿下道謝。」

「……那麼，我可真想娶庫洛涅為妻啊。」

「──若是殿下給予無可替代的事物，庫洛涅恐怕也會獻上自己的心吧。」

這對話有些牛頭不對馬嘴。無論找不找得到庫洛涅，帝革魯也不可能贈與什麼無可替代的事物給庫洛涅。

「哈哈哈！說得也是！為此，必須要更擴大這次搜索才行！」

雖說「殿下」這個詞彙沒有任何錯誤，不過究竟是哪位殿下呢？所謂話語，其意涵會根據接收的人產生巨大的不同。

帝革魯笑得一臉愉悅，騎士則輕輕在他耳邊低語。

「什麼？庫洛涅竟有前往那個埃伍勒的蹤跡……？這可不行！近期得親自前往埃伍勒才行……！」

哈雷有點猶豫，不知道要不要阻止他。

但是，若是在此對帝革魯提出反對的意見，不知道他會怎麼回話。最後，哈雷露出困擾的笑容，只是靜靜望著氣滿志得地高談闊論的帝革魯。

「艾因，你明天終於就要出發了。」

於奧莉薇亞的房內，辛魯瓦格坐在沙發上開口。

望向露台外頭，夜空掛滿了星星。向下望去，都城的街道輝煌，宛如打翻了珠寶箱一般。

夏天。距離艾因成功討伐海龍，很快地已過了兩個月。

隨著辛魯瓦德命令艾因解除閉關，另一項行程也漸漸迫近。

「……雖然事到如今有些太遲了，不過我開始有點緊張了。我能順利完成代理人的職責嗎？」

「沒什麼，沃廉他們也會跟去，你用不著擔心。」

「沃廉先生會一起來可真令人安心。我也要好好完成我的職責才行……」

艾因這麼說著。房間的主人奧莉薇亞站在沙發後面，艾因則坐在她的前方。

她一邊露出溫柔的微笑，俯視著有些不安的艾因，並一邊用梳子梳理艾因剛洗好不久的頭髮。

「不要緊的，克莉絲——雖然是個廢柴讓人有些不安，不過那孩子認真起來也是很能幹的。」

她的笑容也與庫洛涅相同，宛如聖女一般。

和艾因一樣，剛泡完澡的她凹凸有致的身材被薄薄的布製睡衣包裹著，美豔的氣質一如往常無法遮蓋。

就艾因的角度來看，這讓他感到有些難為情。

「詳細商談會由沃廉負責，不會有問題。所以艾因絕對不能離開克莉絲身邊單獨行動……沒錯，絕不能像海龍那時候一樣暴走喔？」

「我、我不會啦……！」

「哎呀哎呀，艾因真是的。」

「哈哈哈哈！若你願意暫時乖乖不亂來，朕也會感到很感激！」

看到艾因如此拚命否定，奧莉薇亞有氣質地露出笑容，辛魯瓦德則豪邁地大笑。

仔細一想，這專屬於家人的團圓時間，也得暫停好一陣子了。

「現在想想，這好像是我第一次要離開王城好幾天。」

「是啊。」

「艾因，不要緊嗎？若你不喜歡，不用勉強自己去沒關係喔？」

「……奧莉薇亞，別在朕面前說得如此光明正大。」

「呵呵，我當然是在開玩笑啦。」

奧莉薇亞笑著回答，艾因卻確定了一件事。

（如果我說不想去，感覺母親會想辦法幫我處理。）

她的艾因至上主義就是如此勢不可擋。雖然他完全無意為了偷懶利用她的心意，不過投注在他身上的愛情溫暖又舒適。

「去的路上要小心安全喔，艾因。」

「是，請包在我身上。」

這天的閒聊比平時還要長久。

三人共有的這份些許寂寞，正是累積至今的親情絕無虛假的證明。

隔天早晨，艾因比平時還要早幾個小時起床，並從都城的海港離開。他搭乘伊修塔利迦國王的專用船，也是比其他任何戰艦都還要巨大的白銀王者號——

◇◇◇

在這埃伍勒的海上也吹拂著接近冬天的冷風。

尤其是元首居住的王城面海，冰冷的海風簡直刺骨。

站在停船處附近的埃伍勒元首．安姆魯公爵完全不在意這般寒氣，聽著站在自己身旁的親信愛德華開口：

「哎呀哎呀……安姆魯公爵，沒想到船竟然如此壯觀。」

「那、那真的是人類製造的物體嗎……？」

三艘戰艦停泊在停船處。

與王城相反方向的海角已經停靠了別的伊修塔利迦船隻。那些船各個都是令人大吃一驚的戰艦，然而卻還有三艘比它們大上三倍的船，且位於中央的戰艦格外巨大而美麗。

「尤其巨大的那艘戰艦……可真是出色的人造物。」

「那恐怕就是高貴的伊修塔利迦王專用船……白銀王者號吧。」

呈現出將近一般戰艦兩倍大的巨體，白銀色的戰艦沒有一點髒汙。

那體型和安姆魯公爵自己居住的王城相比也毫無遜色，甚至巨大得能夠超越王城一般。他們對戰艦上幾乎全方位裝設的兵器感到震撼，甚至讓人覺得僅靠這一艘船，便能攻下一座國家。

「愛、愛德啊！我的打扮有沒有什麼問題？會不會太冒犯？」

「沒有問題。他們是來自以高度文化為傲的國家的賓客。我認為只要誠心誠意，誠摯傳達我們的想法，就不至於惹來不悅。」

安姆魯公爵不禁忘記自己的立場，愛德華則在一旁勸告膽戰心驚的他。

面對伊修塔利迦壓倒性的強大，安姆魯公爵拚命努力讓自己保持鎮定。

接著，汽笛突然「嗚——」地發出巨大的聲響。

汽笛聲來自停靠在白銀王者號兩側的巨大戰艦，而隨著汽笛聲響起，打扮整齊的騎士們從兩艘戰艦現身，井然有序地走下階梯，停在地面上。

騎士們站在白銀王者號的階梯兩側，排隊製造出走道。

「……他們應該是統一制國家伊修塔利迦的最高級騎士團，近衛騎士團吧。動作整齊劃一，只有出色二字可形容。」

「要是這個瞬間立即被侵略，感覺我國的王城一瞬間就會被攻陷……」

「您在說些什麼啊，安姆魯公爵？」

您說笑了。愛德華擺出這般態度笑道。

「唔！說……說得也是，怎麼可能會一瞬間被攻陷——」

「在戰艦靠近我們的當下，戰爭就等同於結束了。」

聽到愛德華的話語，安姆魯公爵不禁渾身無力。然而這是事實。

伊修塔利迦最上級的戰艦裝備著許多砲台及魔具，且這樣的戰艦還有三艘。於如此接近的距離下，就算不經過戰鬥，也早已分出勝負。

就在兩人聊天時，白銀王者號上有四個人走了下來。

他們走在近衛騎士團之間，往安姆魯公爵一行人身邊走來。

「安姆魯公爵，還請您表現出堅定的態度。」

「唔、唔嗯……！」

看著他們一步步朝自己逼近，感覺自己的心跳聲越來越大。

安姆魯公爵緊張到這幾十秒彷彿像是好幾個小時似的。終於，沃廉停在了聽得見聲音的距離。

「初次見面，我是沃廉，擔任伊修塔利迦的宰相一職。」

「我……我是安姆魯·馮·埃伍勒，是這埃伍勒公國的元首。」

「沃廉大人，我們在這埃伍勒也聽聞過您的大名。我是愛德華，不具備家族姓氏。敝人是自小便侍奉安姆魯公爵的一介老兵。」

「喔喔！你就是愛德閣下啊。榮獲你的稱讚真是倍感光榮。我也十分清楚你的大名。我聽聞你前幾天在聚集強者的大賽勇奪冠軍。」

愛德華的眉毛瞬間抽動了一下。

明明位於遙遠的大陸，卻連他國家臣的情報都確實掌握，真是令人訝異。

「我想是我國守護神賜予我力量。」

「原來如此。擁有信仰的對象是一件好事。」

沃廉接著讓道。

「我可不能嘮叨這麼久呢。我來為您介紹……這邊這位是作為辛魯瓦德陛下代理人前來的王儲，艾因殿下。」

艾因身穿平時的王儲服裝。

不過今天不只是如此，他還套了一件繡有王室紋章的外套。

「初次見面。我是艾因・馮・伊修塔利迦，作為陛下的代理人到訪貴國埃伍勒。希望這次能有段成果滿意的會談。」

雖然年紀尚幼，不過他毫無停滯地說完整串話的模樣看起來十分威風。

這些可說是拜沃廉指導所賜。

今天在抵達這裡之前，沃廉告訴艾因沒有必要完全以上位者的角度進行對話。不過，也不需要站在完全平等的立場。

雖然需要一點臨場調整，不過沃廉希望艾因能表現出一點高貴的態度。

從艾因剛才的招呼中，安姆魯公爵與愛德華窺見了並非一朝一夕培養的優良教養。

「嗯，我也很感謝能與艾因殿下相遇。來，在這樣的地方久待對身體不好，我帶各位到城裡吧。」

於是，伊修塔利迦與埃伍勒的直接對談拉開了序幕。

平安結束招呼，艾因鬆了一口氣，而站在身旁的克莉絲與沃廉則小聲地稱讚他剛才的表現。

埃伍勒的人們走在前方，艾因一行人則跟著他們前進。

克莉絲不經意地停下腳步開口：

「……咦？」

她看向埃伍勒城邊市區的方向，停下了步伐。

灰色的天空高掛，那街道和伊修塔利迦的任何一處都不雷同。

伊修塔利迦以精巧的技術打造的美麗街道為傲。

而埃伍勒的街道則透漏出野性，並排而立的房屋皆是運用打磨的岩石做出來的粗糙石材堆疊而成，且無論是哪一個家庭，都能看見飼養著幾頭家畜。通往城邊市區外面道路的深處設有石造牆壁，能看出是用來防禦外敵的策略。

而克莉絲的視線望向更深處。

「那個……克莉絲小姐？怎麼了嗎？」

「不、不好意思。那個……我感覺到馬匹氣勢洶洶奔馳而過的氣息。」

「馬嗎？」

艾因歪了歪頭。

「我想大概是埃伍勒公國的訓練之類的吧。畢竟這個國家興盛馬術。」

聽見沃廉緊接在她後面的話語，兩人心想有這個可能性便點點頭。

無論如何，大概都不是大問題。

大家追上了走在前頭的安姆魯公爵一行人，艾因他們踏入了埃伍勒城內。

◇　◇　◇

艾因一行人被帶到安姆魯公爵居住的城堡，並坐在大會議室的椅子上。

現在，安姆魯公爵正在閱讀沃廉遞交給他，由陛下親筆的書信。埃伍勒一方與伊修塔利迦一方圍著橢圓形的巨大桌子，左右分開來落座。

在正式開始討論之前，愛德華獨自點了點頭。

「嗯，怎麼了，愛德？」

「啊啊……不，只是我看著艾因殿下，感到有些在意。」

「在意的事情是指？」

「很不可思議。那位殿下的才能更在軀體之上。他站在我的面前，看起來卻無論如何都像是巨大的魔物。我無法理解這是為什麼。」

作為絕對性的大國伊修塔利迦的王儲，艾因表現了出色的態度。

從這樣的艾因身上，安姆魯公爵確實感覺到他的出色。

「你說的話不得要領。」

要說的話，他對愛德華這番言論的感想便是如此而已。

「非常抱歉，我也只是有類似的感覺而已。」

愛德華一邊言及隱藏在艾因身上的力量，也提到站在艾因身後的克莉絲。

「依我推測，一對一戰鬥中最強大的大概是元帥克莉絲汀娜閣下。不過，若是以魔物為對象的戰鬥，艾因殿下恐怕比較強。」

「完全不知所云。為何不是克莉絲汀娜閣下？」

一邊閱讀書信，安姆魯公爵也被艾因引起了莫大的興趣。

「愛德啊，艾因殿下可還是位少年啊？」

「不過，這個感覺實在不容忽視……真不知道他究竟隱藏了什麼樣的力量。」

沒有得出像樣的答案，安姆魯公爵重整態度開口：

「沃廉閣下，讓你久等了。我已讀完這份書信，也感受到伊修塔利迦王辛魯瓦德閣下的心意了。」

「那真是太好了。」

「關於新貿易的幾項協定，以及正式締結友好條約等事項，這方面無論哪一項對我們來說都有益無害，是十分令人感激的提議。」

安姆魯公爵這麼說著，心情愉悅地勾起嘴角。

「那麼我們現在就一邊確認內容，一邊來好好談話吧。希望這次的會談讓彼此都有滿意的結果。」

會議接著開始了。

埃伍勒公國方由安姆魯公爵主導，伊修塔利迦方則是以沃廉主導的形式參與這場會議。

看見平和的現狀，艾因在心中鬆了口氣。

會談如艾因預料的一樣，進行得很順利。

艾因只要在沃廉身旁靜靜聆聽，並時不時對沃廉的話語頷首示意即可。關於這對他來說還有些艱深的交易，他只要在現場專心學習就好。

——進入會議室後，過了大約兩個鐘頭。

在大家浮現疲憊的表情時，安姆魯公爵提議道：

「哎呀哎呀，因為會談實在太有意義，我都忘了要安排休息。各位意下如何？要不要稍作休息，順道去看看城裡自傲的景色？城堡後面可有片不錯的景色啊。」

「風也漸漸趨緩，我想應該不會太過寒冷。」

愛德華緊接著補充。

也因為長時間端坐讓艾因開始感到疲憊，他和沃廉交換眼神，互相點了點頭。

「我想去參觀看看。**沃廉**，務必請他們帶我們去。」

「臣明白了。那麼安姆魯公爵，還請您多多關照。」

「真是太好了。那麼事不宜遲——愛德，帶路吧。」

「遵命。」

安姆魯公爵以及愛德華自座位站起，朝著會議室外走去。

艾因也同樣站起身，左右站著克莉絲與迪爾，三人的前方則由沃廉領頭前進。

出了會議室後，等在外面的近衛騎士便跟在他們背後前進。

「這隊伍有點長呢……」

艾因不禁露出苦笑。

「真是的……雖然並非敵國，不過考慮到艾因殿下的立場，這可是理所當然的喔？」

「我知道啦……只要有克莉絲小姐在，就很令人放心。」

艾因聊天的模樣看起來沒有特別緊繃，他開始觀察埃伍勒城內的裝潢。

就算是同樣的建築，和伊修塔利迦也有很大的差別，讓他感到很新鮮。

「這裡的城內完全不同耶。」

「是啊。畢竟伊修塔利迦以石材和礦石當作建材，也有使用魔物的素材。」

另一方面，埃伍勒的王城和小鎮的風景，同樣帶著莫名的粗獷感。

吊掛著編織美麗的布，雖然也有些地方存在雕刻等裝飾，不過硬要說的話，這座王城有種接近自然風的印象，讓人感到僵硬的氛圍。

再加上這裡也沒有像伊修塔利迦那樣，鋪著柔軟的地毯。

一行人走在這樣的埃伍勒城內時，安姆魯公爵開口向沃廉說道：

「話說回來，沃廉閣下。其實今天有件事情想要向你報告。在沃廉閣下船隻停靠的地方——我們在那裡的海底發現了一塊巨大的海結晶。」

「哦——這可真是件好事。請問大小究竟有多大呢？」

「大概有我們小型漁船的大小，是個十分巨大的好東西。」

沃廉毫不掩飾地瞪大雙眼。就連在伊修塔利迦都沒有發現過那麼巨大的海結晶塊。不知道能用在多少魔具上。光是想到這一點，這樣的好東西就足以讓人露出笑容。

「沒想到竟然有這麼大……哎呀，聽到這史無前例的大小，讓我不禁失禮了。」

「這也難怪。我想等會議結束再來共享詳細情報。」

「真是感激。既然如此巨大的話，相信也比較難以採集吧。等確認過資料後，希望也讓我們這邊制定方案。」

明明是為了休息而出來，卻不禁又開始聊起交易相關的話題。

愛德華說了一句「真是的」便提醒安姆魯公爵。

「安姆魯公爵，難得各位前來休息，在這樣的場合傳達事項，實在有些……」

「哦！你說得沒錯。」

安姆魯公爵露出尷尬的表情。不久，一行人來到城堡後方。

被綠油油的草地覆蓋的海角映入艾因眼中。

「這個海角的某個斜坡裝設了階梯，可以往下走到海岸上。各位賓客，行走時還請注意腳邊。」

聽見安姆魯公爵的話語，艾因點了點頭踏出步伐。

不愧是城裡自傲的風景，艾因的目光被色彩鮮豔的景色所吸引。

草地的翠綠以及海洋的湛藍。

修整仔細的石頭階梯兩側種植著純白的花朵。

這條道路正邀請他們前往不同的世界——這片景色和以往的風景氛圍太過不同，甚至讓艾因產生這種想法。

唯一美中不足的就是天空並未放晴。

「……真是舒服的海風。」

海風輕撫著艾因的雙頰。

「看到你這麼中意真是太好了，艾因殿下。來，請來這裡……嗯？」

聽到艾因的話語，感到愉悅的安姆魯公爵突然停在了階梯上。

「欸，愛德華。為什麼下面會有騎士？」

「應該是發生了什麼事吧？畢竟這裡沒有安姆魯公爵的許可便無法進入，這麼推斷應該不會是擅自進來的人。」

失禮了。愛德華短短說了一句話，便走到騎士身旁。

「你們幾個在這裡做什麼？」

「這——這不是愛德華大人嗎！還有安姆魯公爵！伊修塔利迦來訪的貴賓們也在這裡啊。」

「是啊，我們想讓貴賓們參觀城裡自傲的景色。那麼，你到底在這裡做什麼？」

「客……客人說要一邊看這邊的風景，一邊等待各位。」

就算聽到客人二字，愛德華仍然毫無頭緒並歪了歪頭。

接著，沃廉開口道：

「失禮了。該不會是我們伊修塔利迦的人有所疏失……？」

「不、不，沒有這回事！所謂的客人是……那個……！」

「唉，講話不清不楚的！夠了！」

安姆魯公爵今天有重要會談，因此對那位失禮的客人感到憤怒。

無視騎士，安姆魯公爵率先前往海角。

「嗯，愛德華閣下，今天除了我們之外，還有其他客人嗎？」

「沒有那回事。我想不只是我，連安姆魯公爵也沒有聽說……」

被留下的一行人聽見愛德華的回應，不禁感到疑惑。

不管怎麼樣，先追上安姆魯公爵吧。一行人遲了安姆魯公爵一些，穿過道路抵達了海岸。

那裡除了安姆魯公爵之外，還有與他對峙的十幾個人。

人群中多數是騎士，其中有一位衣著高貴的少年。

安姆魯公爵看到那位少年，不禁張大了嘴展露訝異。

「你——你為何會在這裡……！」

接著，衣著高貴的少年察覺到安姆魯公爵的存在。

「你終於來我這裡了啊！真是的，也太久了吧！」

面對少年霸道的口吻，安姆魯公爵啞口無言。

訝異的安姆魯公爵視線彼端是海姆王國第三王子帝革魯的身影。

遲些抵達的沃廉也看見騷動的理由，似乎理解了情況而露出苦笑。

「這還真是……似乎是連我也沒有預料到的發展。」

沃廉一邊說著，一邊撫著鬍鬚望向帝革魯。

該說對方不愧貴為王子嗎？帝革魯穿著的服裝相當奢華。

身邊騎士們的盔甲品質優良，也讓人看得出來不像是普通的守衛。

他們肯定是近衛騎士沒錯。

「……嗯？話說回來，安姆魯公爵，你身後的人們是誰？你竟然不惜讓我在這裡等待，去接待別的客人？」

「你、你說什麼傻話！我明明沒有和你們有任何約定！」

「確實是如此沒錯，不過我這裡有父王親筆寫的書信，這可是官方訪問。」

第三王子帝革魯將狗屁不通的道理說得煞有其事。

安姆魯公爵無法強硬地將大陸的霸者海姆王族趕出去。

「發生了什麼事嗎？」

稍微慢了一些，艾因在克莉絲與迪爾的陪伴下也抵達了現場。

「呃……似乎是呢。請不要離開我身邊喔？」

「嗯，了解。」

直到現在，艾因還帶著輕鬆的思考。

「不過話說回來，到底是怎麼了啊──咦？」

不過，艾因在看到站在帝革魯身旁的金髮少年後，驚愕到心臟彷彿就要停止。

金髮少年搶先艾因一步開口：

「……怎麼可能……騙人！為什麼……為什麼你會在這裡！」

「你怎麼突然發出這麼大的聲音啊，**格林特**？」

「殿下，站在那裡的男人──」

格林特不禁舉起手，指著艾因的方向。

那瞬間，克莉絲比任何人還要迅速地將手伸向腰間的劍。

「那個男人是我的哥哥！雖然他已經不是勞登哈特的人，不過他之前的名字是艾因．勞登哈特，曾是我的親哥哥！」

雖然聲音還很稚嫩，不過格林特以強硬的口吻說道。

伊修塔利迦的人們一同散發出殺氣，尤其是克莉絲和迪爾，彷彿隨時都要殺上去。

在這緊張的狀況中，艾因看向格林特開口：

「我該說好久不見嗎，格林特？還有，克莉絲小姐、迪爾。你們撫著長劍的手可不能再有更多動作了。聽到了嗎？」

聽見制止的話，迪爾不情不願地點頭回應：「……是！」

然而，雖然是艾因的命令，克莉絲卻沒有老實地點頭。

「但、但是，艾因殿下──！我對勞登哈特……！我實在無法原諒事到如今還說得出那種話的人！」

「我明白。我很明白克莉絲小姐體諒我的心。」

「那麼——！」

「但是，不可以。我作為王儲，不能容許發生背棄初代陛下話語的行動。」

語畢，艾因的掌心覆上克莉絲的手。

禁止主動攻擊。雖然他說得確實沒錯，但是克莉絲卻無法老實接受。不過，艾因靜靜地加上一句「不要緊的」，這才終於讓克莉絲輕輕地點了點頭。

「我也無意單方面受氣。僅止現在，我希望妳能忍住。」

看見艾因笑得宛如淘氣的孩子一般，克莉絲終於放鬆力道。

接著，格林特對艾因說道：

「你——虧你還敢輕挑地這麼說！你哪來的臉說什麼好久不見！」

格林特仍然強勢。

「嗯，絲毫不低頭還伸手指人，甚至對著殿下直呼『你』這一點，可不能視而不見啊。」

面對沃廉彷彿能看透心底深處的雙眼，格林特感到慌張。

沃廉本想就此收場，艾因卻用手制止沃廉並開口：

「安姆魯公爵，這種狀況下實在談不上休息。我們散過步也轉換了心情，雖然對此感到感謝，不過這裡似乎也有別的客人。」

「哥……哥哥大人！您怎麼突然主導起——」

面對不懂得察言觀色的格林特，艾因也感到有些煩躁。

雖說稱呼和語氣都在沃廉的威嚴下修正回來了……

「格林特，你也貴為貴族的繼承人，就要配合場合擺出正確的態度。雖然一開始先說出『好久不見』的我或許沒資格這麼說，不過你的態度已經太超過了。」

許久不見的兄長散發的氣質，和以前相比充滿了霸氣。

面對這無人料想得到的發展，所有人都認為該先冷靜下來而沉默不語。

——無論如何，都不能無視對方。

克莉絲雖然告訴沃廉「我們無視海姆吧」，沃廉卻認為不能這麼做而搖頭。

「好了，我想至少也該做個自我介紹吧。」

「沃廉先生，在這裡自我介紹也很無奈……要不要回城裡中庭？」

「說得也是——安姆魯公爵，要不要暫時先回中庭呢？」

「唔……嗯！我也贊成！」

「就這麼決定吧，也歡迎各位一同前來。」

沃廉對帝革魯一行人露出親切的笑容說道。

「喂！帝革魯殿下可是第三王子啊！你應該要注意你的言詞！」

格林特再次大聲嚷嚷，這讓沃廉浮現苦笑。雖然年齡尚幼卻擁有忠誠心，不過艾因的耐心也差不多到極限了。

「格林特，你若這麼說的話那我就是王儲。第三王子和王儲，哪一方的地位比較高，這點道理連小孩都懂吧？如果你不是無法理解這一點的愚蠢之人——現在就給我閉嘴跟上來！」

艾因不等他們回應便踏出步伐，克莉絲一行人隨即追上。

「真、真是無禮……！我們走！格林特！」

「是！」

兩人滿臉通紅，展現出激動的模樣。不過他們看見艾因已經走向中庭，便閉上了嘴。

就連伊修塔利迦的近衛騎士也瞥都不瞥帝革魯他們一眼，立刻追上艾因。

「但、但是風突然……唔哇！」

「殿下！還請您注意腳邊！」

「唔……嗯！」

不過那陣風卻沒有吹往艾因所在的地方。

「克莉絲小姐做了什麼嗎？」

「是。不過，我最多只動了點小手腳，希望他們能好好感謝我。」

看來是克莉絲使用了風魔法，將風集中在他們身上。

艾因不禁失笑，露出純真的笑容。

「我很喜歡克莉絲小姐這一點喔。」

「啊……那個，謝謝……您。」

克莉絲害羞的模樣比美麗的容姿更加地可愛。

看見她雙頰泛紅，有些難為情地移開視線的動作，艾因平靜了下來。一直到剛才還充滿心中那難以言喻的情感也稍微壓抑了下來。

接著，為了稱讚艾因剛才說的話，沃廉靜靜地靠了過來。

「您剛才的表現實在太出色了。這事必須要報告給陛下、王妃殿下，以及奧莉薇亞殿下才行呢。」
「那句話感覺有點利用自己的地位來仗勢欺人，實際上或許真有些失禮吧。」
「不會不會，倒不如說您可以再更嚴厲一點，甚至脫口說出『憑你這種連王位都無法繼承的傢伙』會更好呢。我想不會有問題的。」
「咦？沃廉先生的心情也有點不好？」
「這個嘛……誰知道呢。」
雖然他含糊其辭，不過他的心情肯定不會是正面的。
不過，這可真是演變成麻煩事了啊。艾因抬頭仰望籠罩埃伍勒的灰色天空。

◇　◇　◇

所有人移動到了中庭，安姆魯公爵開始猶豫是否要移動到城內。
帝革魯此時開始闡述自己為何來到這裡。
「安姆魯公爵，我來到這裡不為別事。」
你到底是來這裡做什麼的？
在場的所有人都在等待他接下來的話。
「應該成為我妻子的女性，庫洛湦．奧古斯特行蹤不明已過了數年。我調查到她的蹤跡到埃伍勒就斷了。」
聞言，伊修塔利迦一行人皆做出相同的反應：「咦……？」

艾因的視線轉向站在一旁的沃廉。沃廉露出了十分有趣的笑容，同時撫著鬍子。

「埃伍勒公國在幾年前和伊修塔利迦正式開始了交易吧！也就是說，你們這些人把我們海姆的重要人物，葛拉夫．奧古斯特大公爵，以及其孫女，同時也是該成為我未婚妻的庫洛涅給賣掉了！」

帝革魯壓抑不住自己的激動，伸手指向安姆魯公爵。

相反地，安姆魯公爵只得露出目瞪口呆的表情，在他身旁的愛德華也露出相同的表情靜靜佇立著。

該怎麼辦呢？艾因小聲向沃廉搭話。

「欸，沃廉先生。」

「呵呵呵呵……哎呀，非常抱歉，我不禁感到太愉快了。」

艾因能理解他的心情。

實際上，近衛騎士們在頭盔底下，各個也都露出了笑容。

「我開始覺得那個人（帝革魯）不知所云了，想聽聽沃廉先生的意見。」

「看到埃伍勒現今淪落成反派，作為邦交國實在難以對這個狀況坐視不管。您能交給我處理嗎？」

「……適可而止喔。」

艾因一臉傷腦筋地要他別做過頭。

「是啊，我們確實和伊修塔利迦在進行貿易往來，不過我們不可能販賣人口。」

「安姆魯公爵說得沒錯，我們並沒有販賣人口。」

雖然沒有販賣人口，不過倒是做了引導。

這不過是一點言語漏洞。

「……從剛剛開始就是這樣，你這傢伙是什麼東西？說說看你這傢伙是伊修塔利迦的誰啊？」

「真是失禮了，帝革魯**閣下**。我在伊修塔利迦擔任宰相一職。」

「你這傢伙犯下了最不能犯的錯，竟敢叫我閣下！」

沃廉無意更正，淡淡地接著說道：

「我的名字是沃廉．拉克。今後還請多指教。」

怒氣漸漸高漲的帝革魯，聽到沃廉是宰相時靈機一動。

「算、算了！不過，若你是宰相那正好。我就讓你去調查看看，應該已經前往伊修塔利迦的庫洛涅下落吧！」

「您這是要與我交易嗎？」

大家的臉上都浮現今天最驚訝的表情。

所有人的視線都集中在一邊撫著白色鬍子，看向遠方如此開口的沃廉。

「你說……這是交易……？」

「是，我是這麼說的。」

「你在說什麼傻話！什麼交易！這件事有可能是你們犯下的非法勾當，導正這件事情才是維護正義吧！」

「如果這件事中有行惡的可能性，確實要導正才行。」

「哼！你這不是很老實嗎？」

「那麼我們就馬上展開調查吧。啊啊，那邊那位。」

他叫來站在附近的一位近衛騎士。

「去調查我們剛剛說的事情，查清其中到底有沒有人口販賣的事實。我給你半年的時間。」

「是！」

「怎麼能如此悠哉！花這麼久的時間，可不知道庫洛涅會怎麼樣啊！」

「原來如此，確實如您所說。那麼我稍後馬上聯絡本國。」

「打從一開始這麼做不就得了……！那麼，調查完之後就向本王子——」

「請放心。調查結束後，我會聯絡陛下的。」

看到說話終於變老實的沃廉，帝革魯獲得了一點滿足。

不過，站在他身旁的格林特察覺到某件事。

「殿下。調查的結果對方會寄送給殿下嗎？」

沃廉方才並沒有這麼說。

他只說會向辛魯瓦德報告，話語中完全沒有出現帝革魯的名字。

「當然會吧！對吧，宰相？」

「嗯？我不懂您是什麼意思。」

「你在說什麼傻話？我當然是在說調查完庫洛涅之後的事情啊！」

沃廉聞言，像是似乎終於理解他的意思般抬起頭。就艾因的角度來看，那態度充滿了演戲的成分，整張臉堆滿了笑容。

「請放心。調查到的資訊我會確實向陛下報告。」

「……不是那個意思，也要聯絡我。」

「這樣的話就是交易了呢。雖然我會進行調查，不過至於要不要告訴您內容，這就和調查本身無關了。」

「喂！你這傢伙到底在說些什麼！」

「我們兩國已斷交，也並沒有任何交流，甚至可以說是處在不同的世界。老實說，我感覺不到我們有什麼必須負擔費用告知您調查結果的必要性。正因如此，我才會說這是交易。」

不只是帝革魯啞口無言，就連安姆魯公爵也一樣。

只有在沃廉身邊的伊修塔利迦一行人表情文風不動。

「與海姆王族的約定讓人無法信任，希望您能先準備好相應的酬勞。只要您能準備好酬勞……這個嘛，我就能告訴您只有我們才知道的，關於庫洛涅小姐的情報。」

聞言的帝革魯瞪大雙眼並確定了。

這名叫做沃廉的老人知道關於庫洛涅的事。

以沃廉的角度來看，這是他難得表現出挑釁對方的態度。不過帝革魯已在他掌心之中。

「你這傢伙，要是太小看我們……」

「太小看各位……會發生什麼事嗎？真讓人想聽聽下文。」

帝革魯沒能表現出一點強勢的態度。

要與沃廉展開口舌之爭，兩人之間的實力實在太過懸殊。

他不能否定自己至今能夠表現強勢，是因為仗著伊修塔利迦不能主動攻擊，且不能進行侵略行動這些枷鎖。

和這位叫做沃廉的男人談話，自己無論如何都無法占上風。

「那麼，你們想要什麼酬勞？」

「這個嘛……如果我說想要幾顆項上人頭，您能幫我備好嗎？」

突然變得尖銳而強悍，沃廉的眼神——應該說，那從某處傳來類似老練霸氣的恐怖氣息，令人感到緊迫逼人。

他究竟想要誰的項上人頭——這種事輕而易舉地便能推測出來。

「我想你是指羅卡斯他們的吧……但怎麼可能做得到。」

「真是遺憾。那麼交涉就此決裂。」

沃廉十分刻意地聳了聳肩，表示不會再有更進一步的商量餘地。

「唔……你這傢伙……！」

不過，在場有個緊握雙手，彷彿在努力擠出勇氣的少年。

那就是擔任帝革魯護衛的少年，格林特。面對名為沃廉這位至今為止沒有應對過的強敵，也正因為他擁有聖騎士的力量，才能展現這般毅力。

「就像還在勞登哈特家的哥哥大人一樣，器量竟如此狹小。」

格林特說道。

沉默至今的迪爾為之挑眉。

「而且剛剛的發言，簡直等同於承認了人口買賣。」

「不，我剛剛說過我們沒有做這種事。」

「哥哥大人……哥哥大人也說點什麼如何？把事情全部丟給部下的王儲，您作為將來要成為國王的人，難道不覺得羞恥嗎？」

這次不只是眉毛，迪爾的手伸向了劍柄。

艾因察覺到這一點，對殺氣騰騰的現狀嘆了口氣。

「我想我剛剛也說過了——」

艾因為了再次訓誡格林特而開口。

「多次做出無禮行動，對於你這傢伙真的是艾因殿下的弟弟一事，我實在深感懷疑。」

迪爾終於表露出自己的憤怒。

「或許你不知道，不過艾因殿下可是英雄。殿下隻身討伐龍，是拯救許多性命的我國英雄，可不是你這傢伙能蔑視的對象。」

「哥哥大人討伐了龍？你在說什麼傻話啊？」

「我的一字一句皆是事實。若你無法接受，可窺見你器量狹小。」

你一言我一語。艾因正想介入其中，阻止他們鬥嘴。

「……算了，這也是讓對方知道上下關係的好機會呢。」

沃廉悄悄嘀咕。

他決定不阻止兩人並利用這個狀況。

「你說哥哥大人比天生就是聖騎士的我還強？那怎麼可能，不然你想和我來場模擬戰試試也行。」

「等——等等，格林特！格林特的年齡還小——」

「哥哥大人！您要拿那種程度的事情侮辱我嗎？」

「就說不是侮辱了……」

還不滿十歲的格林特和迪爾之間，有五歲以上的年齡差。也就是說，在身高和體力方面存在巨大的懸殊也是理所當然。

（這樣簡直像是在欺負弱者。）

艾因不禁產生了這種想法，也讓他猶豫著是否要阻止他們。

此時沃廉告訴艾因：

「他似乎是海姆重要的存在，讓他和迪爾交手後使他們明白立場，我認為也好。」

也就是類似交流戰的作用。不過若是這樣的話……艾因看向克莉絲。

「那個，就算您看我，我也不會下場戰鬥的喔……？」

「我姑且問問妳的理由是？」

接著，她輕聲在艾因耳邊說道：

「若是要懲戒危害伊修塔利迦的人，要我戰鬥倒是無妨……不過我……還是不想參與這種霸凌般的戰鬥。」

若是實戰她便能燃起鬥志，但論及模擬戰就大不相同。

「我想也是。」艾因小聲地回應，視線轉向站在身旁的迪爾。

◇◇◇

還好格林特的發育良好，和迪爾的體格差距不至於過大。

仔細想想，艾因還待在勞登哈特家生活時，格林特便已十分依賴「聖騎士」的能力，充滿自信地成長茁壯。

艾因離去後，他仍繼續接受羅卡斯的訓練，現在甚至獲得了能夠戰勝成人騎士的力量，是一名前途光明的騎士。

一行人來到埃伍勒王城的訓練場後，過了一段時間。

長劍相交，不斷發出鏗鏘有力的聲響。看到煙塵中隱約有人倒下的模樣，沃廉帶著認真的神情不禁開口：

「沒想到，竟然強到這種程度。」

他以有些不沉穩的動作撫著鬍子，眼睛睜得比平時還要大。

「是啊，我也很訝異。」

緊接著，克莉絲發出感嘆的聲音。

站在她身旁的艾因與其相反，安靜地觀望著戰況。就在發出長劍被彈飛的聲響時，他「呼」地吐出一口氣。

他用手帕擦了擦額頭不知不覺間浮出的汗水，一臉興奮地說道：

「克莉絲小姐，迪爾果然很強呢！」

「他似乎提升了不少實力。迪爾本來就是伊修塔利迦屈指可數的人才，不過他最近的成長又更加顯著了。」

艾因他們視線的另一頭，映照著格林特倒下，被劍指著脖子的身影。

也映照著站在格林特面前，舉劍指著他的迪爾。

迪爾流暢的劍技又更加洗練了。相對的，格林特的劍技全數被化解，而身體失去平衡的格林特只得狼狽地坐到地上。

看到這般光景，帝革魯以強硬的口吻喝斥：

「格林特！你在做什麼！」

「唔……是！」

迪爾觀察沃廉的臉色，沃廉則傷腦筋地點頭回應。

「——既然如此，在下就再與你交手一次吧。」

雖然沒什麼興致，迪爾仍離開格林特身邊，擺出架勢。

格林特站起身後，立即閉上眼睛深呼吸。接著沒過多久，他的全身瞬間被耀眼的光芒包覆。光輝在下一個剎那融入了他的身體裡。

「我要認真了。」

聽到格林特的話，海姆的人們沸騰了起來。為了回應他們的期待，格林特面向迪爾，認真擺出架勢。他接著用力一蹬，拉近了兩者的距離。

他使用天生具備的聖騎士之力，帶著要打倒眼前敵人的氣勢向迪爾揮劍。

「……在下一直以來都很認真。」

迪爾的反駁摻雜了諷刺。

大概是這個回答也觸怒了他吧。格林特毫不掩飾自己憤怒而扭曲的表情，臉有些紅地用力揮下劍。

和剛才那場戰鬥不同，長劍本身帶著光輝，揮下的長劍留下了潔白輝煌的殘影。

在場的人切身體會到空氣的晃動，不過迪爾冷靜地將劍打橫防禦。

迪爾的動作確實是退於守備——

「看來你跟不上我的速度呢？」

格林特不禁竊笑。

「不，並不是。只是我看到你的腳步時就發現了。」

迪爾的劍以最小的動作逼退格林特。

「雖然聖騎士的力量似乎很強，不過作為一名使劍之人，我擁有壓倒性的優勢。」

縱使他打從一開始就使用聖騎士的力量，兩者培育出的技術差距也是一目了然。

迪爾一邊接招，並在格林特的劍擊中自己的身體之前，用劍擋下。

「什──你、你！」

回過神來，格林特已和迪爾錯身而過。

「在下每天都以伊修塔利迦最強的騎士羅伊德為對手進行訓練。為了終有一天，在下要成為艾因殿下最棒的騎士──所以，我和依靠聖騎士的你可是不一樣的！」

錯身而過的兩人停下了動作。

寂靜襲來，打破這靜謐的是格林特身上的盔甲落地的聲響。

在鏗鏘的金屬音響起後，所有人看向盔甲，鎖釦的部分被劈成了兩半。不需要多加解釋，這當然不是偶然，而是被迪爾的劍砍成了兩段。

面對這壓倒性的實力差距，格林特不禁雙膝跪地。

──格林特的體力即將耗盡，幾乎已經無法再站起來。

迪爾從他身邊離開，並直接走到艾因身旁。

「艾因殿下。今天的勝利要獻給艾因殿下。」

迪爾語畢後露出苦笑。

「只希望他現在有為自己侮辱了艾因殿下而感到後悔。」

「雖然他是我弟弟，不過我想他應該沒有。」

「哈哈……那可真是遺憾。」

接著，艾因說了一句「辛苦了」慰勞迪爾。

然後他又稱讚這是一場出色的戰鬥，這讓迪爾難為情地托著半邊臉。

「不過那個男孩雖然不及我們近衛騎士，但也是個相當有實力之人，這一點不會有錯。不愧擁有對使劍之人來說最高級的力量。」

「咦？最高級不是天騎士嗎？」

迪爾搖了搖頭說道：

「天騎士有類似自爆的部分……您日後或許可以問問父親大人。」

「嗯，我知道了。」

下次再詳細詢問理由吧。他在心裡這麼決定。

臉上綻放出柔和的笑容，沃廉輕輕拍手提議：

「看到這出色的戰鬥，讓我不禁情緒高漲呢……那麼，我們也差不多該回船上吧。」

用慵懶的口吻說完，沃廉看向安姆魯公爵。

「我想今天就到此解散，您覺得如何？」

「唔……嗯，我也同意。不過艾因殿下的護衛明明如此年輕，劍技卻如此出眾啊！」

這段對話完全將帝革魯和格林特置身事外，而被排除在外的當事人根本無暇顧及這一點。

他對自己的護衛格林特擁有絕對的自信，然而格林特卻如此輕易地被打倒，這對帝革魯來說太過衝

擊，甚至沒有餘力去顧及別的事情。

不過此時，沃廉特意留下了紀念品給他。

「話說回來，帝革魯閣下。關於庫洛涅小姐，我有些事情忘記說了。」

「唔！你果然有什麼情報吧？」

有了重要情報的現在，就算聽到「閣下」也無暇更正。

「那就告訴我你有什麼樣的情報吧！」

「可能是年紀大了吧，讓我一不小心忘記庫洛涅小姐的事情了，明明是我如此熟識的人物，這可真是抱歉。」

「熟識的……人物？」

「詳細情形，我差人今天之內捎文件給您。不要緊吧？」

「嗯！那當然！」

「明白了，那麼稍後我差使者送過去。」

帝革魯浮現滿意的笑容，沃廉輕輕頷首，便再度踏上前往白銀王者號的歸途。

「沃廉先生，你要告訴那位三王子什麼事情啊？」

「這個嘛……告訴他庫洛涅小姐現在是伊修塔利迦的重要人才，然後我認為再補充她和艾因殿下也有深交這件事，或許也不錯。」

「唉唉……在別種意義上，我也希望你饒了我。」

克莉絲和迪爾露出笑容，近衛騎士們也表現出同樣祥和的氛圍。

這天，海姆一行人借宿在埃伍勒城。

沃廉的使者於夜晚前來，將報告書遞交給帝革魯。他一開始懷疑自己的眼睛，而再次過目之後，用盡全力將報告書揉成了一團。

騙人！不可能！他這麼喊著。

據說他最後甚至高聲吶喊：「開什麼玩笑啊——！」

◇◇◇

艾因來到埃伍勒後，過了幾天的某個早晨。

於伊修塔利迦都城，有兩位女性在王城中庭優雅地享受茶點。其中一人是奧莉薇亞，而另一人則是庫洛涅。

此時，瑪莎拿著一封信前來。

「打擾了。我們收到前往埃伍勒的艾因殿下寫的信，以及沃廉大人的報告書——您要過目嗎？」

最近幾天，兩人都非常在意艾因過得如何。

奧莉薇亞毫不猶豫地從瑪莎手上接過兩封書信。

「那麼，若還有其他事情再請傳喚。」

「謝謝妳，瑪莎。」

有兩封信，一封是寄給奧莉薇亞，另一封則是要給庫洛涅。

兩人分好信件，並打開放有沃廉報告書的信封。在過目後不久，奧莉薇亞便苦笑著詢問庫洛涅。

「庫洛涅小姐。這位三王子究竟是什麼樣的人呢？我在海姆的時候沒有見過他。」

「……是位不改自己價值觀，為了達成自己的執著，不斷追趕在後的一位男士。」

「也就是說……是很纏人的男人？」

「是、是啊，若要簡單用一句話形容的話……我想正如您所說。」

對此無語的奧莉薇亞伸手拿起裝著紅茶的杯子。

她喝了一口茶水平靜心情，接著又喝了一口，同情起還在海姆時的庫洛涅。

「上面寫對方打算娶妳為妃……」

「在海姆，王室說的話是最優先事項。若他真是這麼說，那我大概是接近確定的候補人選了吧。」

「呃──哎呀呀……」

「不過話說回來，奧莉薇亞殿下。沃廉大人他們還真是遇上了一位相當難纏的對手呢。」

「呵呵。我們和海姆已經斷交了。那已是個與我，以及我深愛的伊修塔利迦無關的國家，我不會在意。」

聽見她這番話，庫洛涅在內心思考。

她認為奧莉薇亞基本上不會有**討厭**他人的情況，頂多只會**漠不關心**罷了。

要比喻的話，對方就像路邊會出現的螞蟻，讓她純粹失去了興趣。

──縱使其中有之前的家人格林特在現場。

「而且，這可真是失禮的事情啊。竟然想要橫刀奪愛，把人家的媳婦搶走。不對，先求婚的人好像是三王子吧？不，但是妳已經拒絕過一次了，那麼一來就無效了。」

「那個……奧莉薇亞殿下？」

「沒問題。庫洛涅小姐只要一心想著艾因，這樣就夠了。」

聽到這句話，庫洛涅不禁滿臉通紅。

「庫洛涅小姐真是的，是不是感到有些害羞呀？」

接著，庫洛涅默默地點了點頭。

她的瀏海遮住了眼睛，彷彿在表現自己的羞赧。

「來，我們繼續享受茶會吧。」

◇◇◇

地點換到埃伍勒。

會談第一天，由於那出乎意料的相遇，帝革魯一行人在伊修塔利迦近衛騎士完美的陣型守護下，第二天起便無法靠近艾因一行人。

話說回來，在擔任代理人期間雖然沒有假日，不過還是有可以休息的時間。

艾因帶著克莉絲前往埃伍勒的城邊都市。

那裡與伊修塔利迦和海姆不同，是個充滿灰色的城鎮。

建材以打磨過的石材為主，屋頂則用磚塊鋪得密不透風，看得出來做工十分堅固。

在強烈海風的吹拂下，若選用木材很容易腐壞吧。

享受著充滿異國風情的街道，艾因不經意地停了下來，雙手環胸。

「到頭來，是海風在妨礙他們的農耕吧。」

「那個……艾因殿下？您怎麼突然這麼說？」

「我只是覺得，觀察過城邊都市大概就能知道這個國家缺少了些什麼。」

「缺少的東西嗎？」

「對。雖然埃伍勒遠離沿岸的地區也有農地，不過和其他國家相比規模很小。」

艾因「嗯嗯」地逕自點著頭，克莉絲露出呆愣的表情望著他。

「所以他們的農作物才會仰賴進口。」

「那個，艾因殿下……？」

「抱歉抱歉。我只是想說我們稍微還以顏色，應該不要緊吧。」

接著，艾因突然蹲了下來。

他維持著那個姿勢對克莉絲招手要她蹲下，並用手指指向宛如沙灘般的地面。

「這是我還在勞登哈特家時學到的事情。」

他沒頭沒尾地說著，指尖在地上滑過。

「海姆不愧是大國，農地也十分遼闊，而許多農作物都會出口到整個大陸。雖然也要看各國的狀況，不過最近的情勢也已經穩定下來了。然後，大部分的出口物都會經過的地方，就是商人的城鎮巴德朗特──」

艾因在地面上畫出了地圖。

用手指描繪的地圖，從大陸南方的海姆一路延伸，停在大陸中央的巴德朗特。

「東北的洛克坦姆共和國是如此，而這埃伍勒公國也有進口農作物。」

「嗯。」

「順帶一提，海姆生產最多的農作物是麥子。今天早上我問過沃廉先生，據說埃伍勒進口最多的就是麥子。而海姆知道埃伍勒無法生產農作物，便哄抬價格出口過來。」

艾因露出了笑容。

那是在密謀些事情的猖狂笑容。

「我之前說過了吧？『僅止現在，我希望妳能忍住』。」

「那是指我對海姆的人們發怒時的事情，對吧？」

「嗯，就是那個。」

「您該不會打算販售麥子給埃伍勒？」

然而艾因卻搖了搖頭。

「其實，今天早上沃廉先生也是這麼猜測的。不過我不只是想出口，還想說要賣出埃伍勒一年所需量的三倍。畢竟很幸運的，伊修塔利迦剩餘的分量年年在增加。」

「那個……」

為何是三倍？克莉絲瞪大了眼。

「然後埃伍勒也把自己剩餘的分量賣掉就好，而且價格要壓得比海姆的售價還低，這麼一來洛克坦姆總有一天也會不跟海姆購買麥子。我們伊修塔利迦只賺取扣除手續費的盈餘，我想彼此就能維持良好的關係。」

雖然他一臉若無其事地這麼說，但這並不是單純的小衝突，而會成為猛烈的手段吧。畢竟這麼一來，就奪走了海姆兩個貿易對象。

不過……

「——雖然我是這麼想的，但這樣果然還是有點可憐。畢竟沃廉先生聽完臉也不禁抽搐了。」

見艾因展現同情心，克莉絲也同意道：「我也這麼想。」

「若是執行了這項策略，海姆大部分的麥農大概都會走投無路。」

「我想也是。對我來說，就算他們是海姆人，我也無意讓毫無關係的人受苦，所以我才會放棄這個計畫。」

「我認為這樣比較好……那麼，您最後決定要怎麼做呢？」

「最後我們決定只出口需要的量。」

「……我問的時候，您不是搖頭了嗎？」

「那是因為我想告訴克莉絲小姐，我其實有過剛剛那些想法嘛！」

艾因露出了笑容，宛如惡作劇成功的孩子一般。

另一方面，克莉絲卻小小地嘆了口氣。

「先不論您的淘氣。我認為艾因殿下的考量，在加深與埃伍勒的建交這方面也是不錯的行動。我想埃伍勒的百姓也會感到開心的。」

「是啊，若麥子在埃伍勒也能變便宜，那就太好了。」

有人情味這一點正可以說是艾因的特色吧。

克莉絲露出了溫柔的笑容。

——代理人最終日。那是艾因去了城邊都市後過了幾天的事。

作業員的聲音迴盪在埃伍勒的海港。

「好——維持這樣！小心翼翼地拉上去！」

裝設在伊修塔利迦船上的吊臂，正從海中拉著某樣東西上來。

那是巨大的海結晶塊。

海結晶整體被鎖鍊綑綁，並被小心翼翼地從海底往上拉。這就是第一天安姆魯公爵告訴沃廉的那顆海結晶。

看著伴隨白色泡沫拉到海面的海結晶，就連沃廉都不禁讚嘆出聲：「喔喔……！」

安姆魯公爵此時靠近沃廉。

「沃廉閣下，各位似乎打算今晚啟程回伊修塔利迦吧？」

「喔喔！安姆魯公爵，這麼匆忙真是不好意思。」

「沒這回事。這次聚會十分有成果，實在令人高興。」

兩人滿足地交談。

接著沃廉從懷中取出一封書信。

「這邊是陛下捎來的書信。針對艾因殿下的提議，陛下已經承認並回覆，今後伊修塔利迦將會出口『麥子』給埃伍勒。雖然價格還需要後續商談，不過相信會比海姆更加便宜，也就是能夠以適當的價格售出。」

「……真的可以嗎？雖然這件事對我們埃伍勒來說十分感激。」

「不要緊。畢竟這是我們多出來的麥子，且追溯起來，幾年前也曾和海姆商談過要出口別的農作物。當然，當時原本預定要以邦交國的價格售出……」

但是伊修塔利迦與海姆已無邦交。

「艾因殿下最一開始的提案，讓我本人也感到相當訝異。」

「是啊，還以為他只是靜觀其變，沒想到私下卻露出尖銳的利齒，我也相當驚訝。」

「或許在將來我們和海姆有個萬一時，這就能當成不錯的方法。」

雖然沃廉笑得一臉慈祥，安姆魯公爵卻感到有些背脊發涼。

這名男子雖然用開玩笑的口吻這麼說，但是肯定會實行吧。他有這種預感。

「不過，真讓人擔心海姆會不會對伊修塔利迦出手呢。」

「嗯……何出此話？」

「他們認為只要不主動對伊修塔利迦發起武力攻擊，就不會有任何問題。」

聞言，沃廉的眼色一變。

「——我告訴您一件事吧。」

他散發的氣場也產生變化，宛如名匠打造的利劍般尖銳。

「主動攻擊的判斷基準各有不同。在貴族之間，許多人都認為勞登哈特家的行為屬於具備攻擊性的行動。在判斷是非時，若是海姆又做出更加煩人的行動，那麼陛下的意思說不定也會改變呢。」

「……原來如此，確實如你所說。」

安姆魯公爵被沃廉散發的氣場壓制，面帶奇妙的神情點頭並回應。

君臨大國伊修塔利迦文官的頂點的正是這位男人。這讓安姆魯公爵再次體認到，伊修塔利迦不只是兵力，在人民的素質方面也是驚人的國家。

「話說回來，安姆魯公爵。今天愛德華閣下不在呢？」

「嗯，他是個比任何人都還要虔誠的信徒。他信奉某個存在，每天早上都需要祈禱的時間。那段時間我也儘量不會去打擾他。」

「那真是一件好事。」

雖然也談了一些較沉重的話題，不過這之後兩人一邊談論工作上的事務，一邊繼續推進今後的友好邦交關係。

這真的是場十分有意義的會談。沃廉沉浸在打從心底湧出的滿足感之中。

◇　◇　◇

夕陽西下，就在天穹漸漸被漆黑覆蓋之時，按照預定正在做出航準備的伊修塔利迦艦隊處，愛德華一臉慌張地趕來。

一位近衛騎士負責接應來到階梯下方的他。

「這是伴手禮。我將我們埃伍勒的特產裝進了這木箱中。」

「我明白了，我會照原話轉告殿下及宰相閣下。」

近衛騎士腳邊放著一個大木箱。

「失禮了。」畢竟必須要先經過確認，近衛騎士當場打個招呼便打開蓋子。

「真是壯觀，看起來都是些出色的禮物呢。」

裡面盡是些工藝品或珠寶飾品等等。

「話說回來，海姆的人們怎麼樣了？」

「他們在我們城內老實地待著。哎呀哎呀，不知道是不是因遇到伊修塔利迦的近衛騎士而感到害怕，又或者是因為那位聖騎士閣下敗北，才會因此變得老實……」

「原來如此，那很好呢。」

看到近衛騎士點頭，愛德華再次露出笑容——接著沒過多久，近衛騎士便從木箱中拿起某樣東西，接著開口：

「失禮了，請問這是以什麼為象徵所製的呢？看起來似乎是木雕。」

「那是我所信仰的存在，也是以大陸到處都被奉為守護神的某個種族為原型製成的木雕。希望它也能保佑艾因殿下……」

「嗯嗯……或許是我太孤陋寡聞了，請問這是什麼種族呢？」

「我來回答您吧。這叫做紅狐，詳細資訊——」

愛德華這麼回答的表情，充滿了純真的笑容。

來自埃伍勒的伴手禮被搬進了船內。

其中，愛德華說要送給艾因，那名為紅狐的擺飾，被近衛騎士鄭重地搬到了艾因所在的房間。

「哦？守護神啊。」

近衛騎士離開後不久，艾因看著放在桌上的擺飾喃喃開口。

在房間裡的有艾因、沃廉及克莉絲三人。沃廉瞇起雙眼望著擺飾，神情險峻地扭曲。

幾乎同時，艾因看起來十分不愉快地皺起眉頭並開口：

「沃廉。」

聽見艾因突然直呼名諱，房裡的其他兩人面露訝異。

「……是、是的，請問有什麼事？」

「你還記得剛剛的騎士說了什麼嗎？」

「當然記得。紅狐會帶來幸運，守護人們不受災禍所害。為此，在這個大陸上，據說天生擁有**紅髮**的人，是在祝福之中誕生的——愛德華閣下是這麼說的。」

「艾因殿下……以及克莉絲閣下，我想詢問意見。」

已到了要回去的時刻。外面傳來出航的汽笛巨響，船身伴隨些許搖晃出航便是最好的證明。

「是！我的看法，這個擺飾——」

「那個擺飾確實是赤狐，沒有錯吧。」

「是啊，本人也是這麼想的。」

艾因用強硬態度打斷他人說話的行為，讓兩人都感到異樣。

不過，他們均沒有出聲詢問，靜靜觀望。

但是，為什麼赤狐會在埃伍勒？克莉絲不禁脫口說出疑問。

「……赤狐用了某種手段讓魔王暴走。如果採信這個說法，赤狐為什麼會渡海呢？」

「嗯……我記得書上寫著『享樂主義』。」

接著，艾因壓低聲音開口：

「你想表達什麼，沃廉？」

「是。我的意思是，赤狐們在這個大陸或許又在圖謀些什麼了。」

沃廉回答完後閉上了嘴。

他雙手環胸撫著鬍子，陷入更深的沉思中。

魔王的暴走在伊修塔利迦的歷史上是史無前例的大災害。

雖然並非要完全相信書上記載的情報，但既然現在已經得知這項資訊，那麼他們也不想完全無視。

「呵……哈哈哈！」

艾因突然大笑出聲。

「你說得沒錯。畢竟那東西一直玩弄他人於掌心啊！因此我也搞錯了。相信並接納了那傢伙，這一切全是錯誤。」

「艾、艾因……殿下？」

克莉絲突然全身起了雞皮疙瘩。

艾因明明只是坐在她的隔壁，卻讓她感覺到彷彿一移開視線，自己的人頭就會落地的壓迫感。

聽到他牛頭不對馬嘴的話語，沃廉突然瞪大雙眼。

「艾因殿下——您突然說些什麼……！」

「就、就是啊！您突然是怎麼了？」

他相信了什麼？他接納了什麼？

艾因沒有解說話語的意涵，以雙手按住頭。

「我以為那傢伙只是寂寞！但是不對！那東西打從一開始就只是想玩樂！沒錯，從那個時候開始就一直是如此！」

艾因站了起來，伸手拿起赤狐的擺飾走向窗邊。

雖然不知道發生了什麼事，克莉絲卻還是為了阻止艾因而伸手。但是，她的腳卻動不了。克莉絲望向自己的腳邊。

「怎麼會……為什麼……！」

並沒有被施加束縛系的魔法，也沒有被施以其他魔法的痕跡。

但是看到自己的雙腳宛如小鹿一般顫抖，她才自覺自己對艾因感到恐懼。

「就是為了破壞我們的羈絆……那個女人打從一開始，就是為了做這件事才接近我們的！」

艾因高高舉起右手。

那隻手的動作宛如要揮舞大劍一般。克莉絲原本對他究竟要做什麼感到疑惑，不久卻產生了異變。

「唔──！」

漆黑的手甲映照在她的眼中。

她的視線集中在覆蓋艾因整條右手臂，散發黑色光輝的甲冑，以及同時出現的漆黑大劍上。這究竟是從何而來？無庸置疑，那當然是艾因召喚出來的東西。

「啊──────！」

他的怒吼充滿了殺氣，房間中的空氣為之震撼。

窗戶的玻璃應聲出現裂痕，艾因同時將赤狐的擺飾拋了出去，接著揮下大劍。

響起了巨大的聲響。

讓人聯想到地鳴般的聲音、鋼鐵碎裂的聲音，以及家具飛起的撞擊聲等等在耳間迴盪。

「呼啊……呼啊……啊……」

揮下大劍後，一片宛如戰爭後的慘狀映照在克莉絲和沃廉的視線中。在牢固方面獨一無二的白銀王者號，其牆壁被轟飛，外面的甲板以及幾樣兵器都已損壞。

這些全是源自艾因的一擊造成的破壞。

「艾因殿下！剛剛那究竟是——艾因殿下？艾因殿下！」

看見艾因毫無預警地向前倒去，克莉絲慌慌張張地靠近他身邊。直到剛剛為止的恐懼消失無蹤，她現在全心全意擔心著艾因的安危。

白銀王者號是伊修塔利迦王代代相傳最優秀的戰艦。

其防禦力宛如龍一般堅硬，擁有非同小可的持久性——本該是如此的。然而僅僅因為艾因的一擊，就破壞了船上許多物件。

沃廉不禁吞了吞口水。

「剛剛的大劍是**那位大人**的——不，不……那不重要，現在應該要——！」

必須要想辦法處理這個慘狀才行。

在一旁看見衝進房間裡的近衛騎士，沃廉吐出一口氣。

「看來這件事……沒辦法控制在只有我們知道的範圍內呢。」

在那之後，縱使白銀王者號抵達伊修塔利迦，艾因仍然沒有甦醒。雖然迅速將他帶進王城內進行治療，卻遲遲沒有醒來，唯有時間不斷流逝。

魔物化以及旅行準備

回過神來，艾因處在春風和煦的草原上。

他似乎躺在什麼柔軟的東西上，脖子完全沒有難受的感覺。若硬要提出一個問題，那就只有他不知道這裡是哪裡而已。

他想坐起身子，身體卻不聽使喚，這似乎是場身體無法自由行動的夢境。

再加上無法睜開眼。

不過不知為何，他卻能了解周遭的狀況。有一片湛藍的天空以及一望無際的草原。

「————」

雖然在風的影響下變得有些模糊不清，不過頭上傳來有人哼歌的聲音。

那是彷彿鈴鐺般透徹的女性聲音。聽見這個聲音後，艾因馬上發覺自己正躺在她的大腿上。

她輕撫艾因沉眠的臉頰。

「好，已經可以了吧。」

什麼已經可以了？雖然他想詢問，卻發不出聲音。

不過，她卻點頭回應。

「是在指你本身的事情喔。已經不要緊了……對不起，給你添了麻煩。」

我本身的事情？添了麻煩？她究竟在說些什麼？

艾因在心中這麼想，對方只是一臉傷腦筋地溫柔摸了摸艾因的頭。

「路上小心。你已經不需要再擔心了。下次，他就由我想辦法處理。」

她沒有回答艾因。

艾因的身體突然恢復了自由。艾因睜開眼，為了想知道她是誰，還有這裡究竟是哪裡，視線看向了她的方向。

「等……等等！」

整個世界一片白茫茫。

艾因看不清楚那張在逆光方向的臉。儘管他伸出手，對方仍不斷離自己遠去。

◇◇◇

「妳是──！」

艾因睜開了眼。

「咦……？」

那裡既不是草原，更沒有遼闊的湛藍天空。他在都城自己房間的床上。

他開始整理思緒。冷靜點，為什麼會在這裡？剛剛那個地方是哪裡……而且，他應該是作為代理人前往了埃伍勒才對，接著回來時──回來時？

最後一天，他參觀了拉起巨大海結晶的作業。那之後的事情就不記得了。

「現在是晚上嗎？」

望向窗外，漆黑的天空包覆了都城。

「咦？這是什麼？」

艾因緩緩將視線移向右手臂。

包覆於右手臂的繃帶是在凱蒂瑪研究室裡擁有封印效果的物品。

是像瑪瓊利卡那般擁有封印相關技能者製作的繃帶。為何這種東西會纏在自己的手臂上，他完全無法理解。

「哼嗯……算了。」

手臂沒有感覺到異樣，於是他便一口氣將繃帶拆下。

「好了……得問問其他人才行。」

他拿起放在床邊的鈴鐺並左右搖了搖。

「拜託饒了我吧，年紀輕輕就忘東忘西的……是累積太多疲勞了嗎？」

畢竟他作為代理人前往了國外。

很神奇地久違與弟弟重逢，還和麻煩的海姆王族有了交流。他自知不只是身體，自己在精神上也產生了巨大的疲倦。

就在他悠哉思考時，吵鬧的聲音自外面傳來。

門被打了開來，進入艾因房間的是瑪莎及克莉絲兩人。

「艾……艾因殿下……！」

率先開口的是克莉絲。

她用雙手摀住嘴，瞪大的雙眼浮現薄薄的淚。

「啊，克莉絲小姐。從出發到回來這裡的事情我都不記得了，我們是什麼時候到王城的？」

「——艾因殿下！」

「呃……咦……？什、什麼？克莉絲小姐？」

她的雙眼一邊滾落斗大的淚珠，一邊抱著艾因。不明所以的艾因因為過大的衝擊不禁僵直身體。

「艾因殿下……您的身體、您的身體狀況如何……？」

瑪莎也與克莉絲同樣震驚。

甚至感覺得到她因為過於震撼而說不出話，有些迷惘該怎麼做才好。

「我好像有點累了，身體沒辦法使力。」

「……我明白了。克莉絲大人，我這就去請陛下他們前來。」

「好……好……麻煩妳了……！」

克莉絲仍然哽咽，瑪莎則慌慌張張地離開了房間。剛醒來的艾因果然還是無法掌握狀況，疑惑地歪了歪頭。

他從來沒有從沉睡中甦醒後，遇到如此感動人心的情境。

「欸，克莉絲小姐，怎麼了啊？哭得這麼厲害。」

「因為！因為艾因殿下……艾因殿下！」

「呃，唔嗯……？」

要安慰年長女性，尤其是像克莉絲這樣的美女，讓他有些感到難為情。

不過因為自己讓她哭成這樣，艾因便像安撫孩子一般，輕撫在他胸前不斷哭泣的克莉絲的頭。

就在發生了這些事情時，瑪莎急急忙忙地回來了。

被叫來的有奧莉薇亞、辛魯瓦德以及拉拉露亞三人。
其中的奧莉薇亞露出超越克莉絲的震驚，並發出啜泣聲。
「艾……艾因……你真的，醒過來了吧……？」
（連母親都這樣？）
看來這狀況並不普通。
「母親，雖然我不記得自己回國後有向您打招呼，不過我結束代理人一職回來了。」
一聽到艾因的話語，奧莉薇亞和克莉絲一樣奔向艾因。她也同樣潸然淚下。
辛魯瓦德的手貼上在門邊拭淚的拉拉露亞肩膀，接著他靠近了床邊。
「艾因。」
「——爺爺。非常抱歉，不過能請您告訴我狀況嗎？」
「是啊。話雖如此，**久違地**聽見艾因的聲音，朕感到很高興。凱蒂瑪大概也快到了，等她來之後再進行說明也好。」
久違？
在艾因不知情的時候，果然發生了什麼事。希望有人儘快說明的艾因等待了幾分鐘，穿著睡衣的凱蒂瑪便來到了房間。
現場瀰漫著嚴肅的氛圍，穿著宛如貓咪玩偶睡衣的凱蒂瑪走了進來。
「凱蒂瑪阿姨，我對妳那身睡衣頗有微詞。」
「才剛醒來就這麼毒舌喵？真是的，你這問題兒童。好了，奧莉薇亞、克莉絲，稍微讓開點喵。」
凱蒂瑪使力推開兩人。

「王、王姊!怎能這麼不講理……!」

「啊……啊嗚……」

奧莉薇亞一臉憤恨地看著凱蒂瑪,克莉絲則露出棄貓般的表情看向艾因。將兩人相反的態度看在眼裡,凱蒂瑪並沒有理會。

「能走喵?」

「那當然——咦?」

他想從床上下來,手臂卻使不上力,身體也不聽使喚,眼看著就要從床上跌落。

見狀的凱蒂瑪伸手扶住他。

「這也沒辦法喵。看來需要進行一下復健喵。」

「復、復健?」

「那是當然喵。在那裡哭泣的兩人可是不辭辛勞地照顧著你喵。啊,現在不在這裡的庫洛涅也是每天早上都會來喵。」

接著她大大地嘆出一口氣。

「半年喵。距離艾因從埃伍勒回來,引發那起事件後,你就一直失去意識睡在這張床上喵。」

凱蒂瑪露出寂寞的表情,最後加上了一句:「艾因很快也要四年級喵。」

茫然自失的艾因將「騙人」這句話給吞了回去。

看著大家的表情,沉浸在這氛圍中,不可能會有人認為這是玩笑話。

「父王,詳細情形等早上,我想邊提及那本書的內容邊告訴他喵。可以喵?」

「嗯。朕也贊成凱蒂瑪說的。來,奧莉薇亞和克莉絲,可不能給剛醒來的艾因增加負擔。只有現在就好，聽朕的話乖乖忍耐。」

於是在辛魯瓦德和拉拉露亞的引導下，大家離開了艾因的房間。

最後，在凱蒂瑪離去後，艾因稍微想起了一點在埃伍勒的事情。

「……從看了那個伴手禮之後，我就沒有記憶了。」

艾因也是從那裡開始感到異樣。

但是他現在不想思考關於那份伴手禮的事。單獨一人時思考那件事，似乎又會發生什麼事情。

為了分散注意力，他看了看自己的身體。

若要說有什麼異樣，那就是身體有了成長。艾因正值發育期，縱使一直躺在床上，過了半年身體還是會一點一滴地長大。

他享受著身體成長帶來的些微喜悅，窗外便漸漸亮了起來。

——到了早晨，瑪莎便前來迎接艾因。

她帶了腳不方便行走的人使用的魔具。簡單來說就是用魔石驅動，類似輪椅的工具過來。艾因坐上魔具離開了房間。

瑪莎帶著他來到的地點是謁見廳——還沒走進去，現在還站在門前。

等在那裡的並非如昨晚一般的大家庭，而是克莉絲與辛魯瓦德。

「不久沃廉和羅伊德也會抵達。啊啊，凱蒂瑪也會來——有現在的你（艾因）在，或許就能看見凱蒂瑪預想中的某樣東西了。」

辛魯瓦德語畢便闔上了嘴，瑪莎則靜靜地離開了。

幾分鐘後，在沃廉與羅伊德抵達之前，所有人均保持沉默。遲來的兩人為了鼓勵艾因，展現出開朗的模樣。

「艾因殿下，久未問候。您的身體長大了不少，您看這樣如何？要不要讓羅伊德閣下為您縫製一件新的衣服？」

「呃，屬下確實擁有裁縫這項技能……不過還請饒過屬下吧。」

「哎呀哎呀，既然羅伊德閣下看起來如此難為情，我們就到此為止吧。」

接著不久後，凱蒂瑪便抵達了。沃廉看向辛魯瓦德。

「各位，跟在朕後面進去謁見廳吧。」

聞言的羅伊德打開了通往謁見廳的大門。

謁見廳中沒有任何人，裝飾在寶座上的魔王魔石主張著自己的存在，是個嚴肅的空間。

「艾因殿下，由我來帶您進去。」

克莉絲推著艾因的輪椅，準備要帶他進去。

然而——

「奇、奇怪……？」

才剛踏入謁見廳不久，原本推著輪椅的克莉絲不禁發出疑惑的聲音。

「怎麼了?克莉絲小姐。」

「唔，不……只是覺得突然變沉重了。」

雖然感覺到似乎有所異變，不過克莉絲認為是自己多心了。接著她開始推動艾因的輪椅。

「是嗎?那就好。」

不過，那並不是她的錯覺。

辛魯瓦德一行人率先站到了王座附近，然而艾因乘坐的輪椅卻無法靠近。簡直像是被一道看不見的牆給擋住了一般，只有艾因坐的輪椅沒有辦法前進。

「——克莉絲，動不了喵?」

「是，簡直像是有牆壁擋著一樣，無法前進。」

「我想做最終確認喵。妳試著用力前進看看喵。」

不知道她要做什麼最終確認，艾因只是坐在輪椅上被推動著。

克莉絲用力推著輪椅，不久，謁見廳便迴盪著一名少女的聲音。

「別過來……別過來……!」

從那少女的聲音中傳來冰冷的威壓與魄力，彷彿身體要從中心開始凍結一般。

辛魯瓦德與羅伊德露出訝異的表情，沃廉則露出悲痛的神情。凱蒂瑪慌張地對克莉絲說道：

「快讓艾因遠離王座喵!立刻喵!」

「是……是的!」

艾因遠離後不久，剛剛的氛圍便消失無蹤。

「凱蒂瑪啊，妳半年來的研究成果，看來很遺憾是**正確解答**啊。」

辛魯瓦德一邊說著，一邊凝視著魔王的魔石。

凱蒂瑪難得露出悲傷的表情。

「真不知道是什麼樣的因果喵。僅僅一個人類身上，竟然會聚集了締結如此奇妙緣分的存在喵。」

凱蒂瑪默默地將一本書遞給艾因。

雖然謎團不斷加深，不過艾因總之先看了看手上的書。

光看外觀便知道，這是最近剛做好的新書。看向作者，上面並排寫著凱蒂瑪與克莉絲的名字。

書名則寫著《悲劇魔王》。

「……我想你有事情想問喵，不過你先稍微看看喵。」

「我知道了，我會先讀看看的。」

大概是被謁見廳的氛圍影響，艾因決定老實地看那一本書。

皮革製的書皮還相當新，觸感堅硬，完全沒有一點皮革特有的老化痕跡。

「這是凱蒂瑪阿姨和克莉絲小姐做的書，對吧？」

「沒錯喵。這半年來，我們拚命到處調查，才終於做出了這本書喵。這本書甚至難以估價喵。」

「嗯，了解。」

艾因將書放在腿上，翻開了封面。

◇◇◇

「這本書，記述了關於伊修塔利迦初代國王所討伐的『嫉妒夢魔艾榭』之情報。

所謂的嫉妒夢魔，是當時戰鬥的人們為其取的異名。

所謂的魔王，是與一般魔物截然不同的特別存在。

特徵是富有破壞力，以及擁有絕對強大的魔力。只要回想伊修塔利迦數百年前的大戰，光靠魔王一個人就能帶來多大的威脅，自是不用多言。

根據紀錄，魔王艾樹十分怕生，作為王尚未成熟。這樣的她有著兩位家人，也就是杜拉罕以及死靈巫妖兩人。

魔物之國是由這三個人開創的。

據說三人相遇後一同踏上旅途，對許多魔物以及現在的異人族伸出過援手。

不過，艾榭並非一開始就是魔王。

出現進化的徵兆，是在三人拯救許多存在，並漸漸打造出巨大部落的時期。

她突如其來地發了高燒並失去意識，好幾天都沒有醒過來。

接著，幾天後的早晨，她若無其事地清醒了過來。根據紀錄，周遭的人們皆對她身上散發絕對強者的氣場感到震驚。

接受過三人幫助的人們都感到開心。

原本小小的聚落，漸漸地成長為巨大的城鎮，接著以艾榭為王的國家就此誕生。

當時，對與純粹的人類水火不容的人們來說，那個國家是最棒的容身之處吧。

然而——過了幾年，狀況馬上有了改變。

因為某個原因，國家開始漸漸崩壞。

赤狐這個種族加入國家一事成了契機。

赤狐待人親切，馬上便融入了國家，也和其他種族有深入交流。赤狐長老似乎相當能幹，能看見幾項證明她貢獻的痕跡。

她爬升到魔王艾榭的親信地位，可說是理所當然的事情——然而，在她來到艾榭身旁後，魔王無法保持冷靜的次數變多了。

就是從那個時候開始。

魔王艾榭遠離了杜拉罕及死靈巫妖兩人。她讓兩人前往距離有些遙遠的村落。

最後，魔王艾榭身邊只剩下赤狐長老服侍著她。

接著，魔王艾榭的精神狀況走上了惡化一途。

她開始忠於自己的慾望，無法保有自制力，開始暴走。就連與她敵對的人，也聽聞到她羨慕他人、嫉妒他人的發言，便開始稱呼魔王艾榭為「嫉妒夢魔」。

不知何時，杜拉罕與死靈巫妖兩人違抗了命令，回到了魔王艾榭的身邊，但是據說三人從未見面。

這之後的事情也有留在其他資料上。

也就是魔王艾榭遭到伊修塔利迦初代國王討伐。

不過自那之後，赤狐就斷了蹤跡。

牠們甚至沒有留名在伊修塔利迦的歷史當中。我們只有發現到有可能是牠們生活過的痕跡，而那樣的發現也極其稀少。

綜合以上所有情報來看，幾乎可以確定赤狐對魔王造成了某種影響。

魔王艾榭為何會襲擊人們，謎團的答案可以說是握在赤狐手上也絕不誇張。」

◇　◇　◇

看過重點後，艾因暫時闔上了書。

「意思是之前的假設獲得了證實嗎？」

「沒錯喵。赤狐詛咒魔王讓魔王暴走，其結果便傳承到了現代喵。艾因手上的書雖然是尚未完成的資料，不過透過剛剛的**聲音**，便完成了這本書喵。」

魔王艾榭拒絕了艾因這一事實。

面對存在於艾因體內杜拉罕與死靈巫妖的力量，魔王艾榭的魔石有了反應。凱蒂瑪如此說道。

寄宿在魔王魔石中的意志，大概是對自己暴走的事情感到懊悔吧。

所以才會用悲痛的聲音，拒絕寄宿在艾因體內的兩個存在。

「但是，為什麼事到如今才有反應？在擔任代理人離開之前，我明明也有來過這裡。」

「我知道喵。我也思考過那個理由，不過首先要告訴你一些事喵。」

凱蒂瑪端正自己的姿勢。

「首先，艾因在離開埃伍勒之前，硬是使用了不能使用的杜拉罕之力喵。因為這層影響，伊修塔利迦最堅固的船，白銀王者號的牆壁遭到破壞，還挖空了甲板喵。」

「……嗯。」

「順帶一提，你這半年的休眠，也是因為胡來的影響，導致身體要求強制休息喵。」

接著是克莉絲開口：

「艾因殿下……在艾因殿下倒下後，為了觀察您身體的狀況，我們測量了您的體力及魔力。您的魔力完全為零，也差點用盡體力。」

「克莉絲現在說的都是事實喵。然後喵——」

翻了翻白衣的內側，凱蒂瑪拿出艾因的狀態分析卡。

「我也覺得擅自翻看很不好喵。不過，現在演變成無法忽視的狀況了喵。」

凱蒂瑪將狀態分析卡遞給艾因，用眼神示意他自己確認。

於是順從她的眼神進行確認。

艾因・馮・伊修塔利迦
【身　份】持■
【體　力】４０５５
【魔　力】——
【攻擊力】４７３
【防禦■】９５２
【敏捷性】３９５
【■　能】黑暗騎士／大魔導／海流／濃霧／毒素分解ＥＸ／吸收／修練的贈禮

出現ＢＵＧ了。他差點脫口說出這句話。

身分出現亂碼，魔力的部分還被劃了線，狀態卡變得很奇怪。

「……簡直像是變成了魔物一樣呢。」

「還提什麼簡直像喵……老實說，艾因現在的狀況和魔王艾榭的暴走，兩者間實在無法說是毫無關聯喵。」

聽了凱蒂瑪的話，艾因想起清醒過來之前的事。

關於那位在醒來之前向他攀談的女性其真實身分。

（那是死靈巫妖，而當時是在為丈夫（杜拉罕）的所作所為道歉。如果他想要奪取我的身體，那就沒有必要道歉，也沒有必要向我保證任何事。）

艾因認為他們一定也敵視著赤狐。

艾因「呼——」地吐出一口氣。

「沃廉先生，有可能是埃伍勒陷害了我嗎？」

「就結論來看，我想伴手禮那件事情純粹是偶然。我認為他們不會專程選那天陷害我們，做出損害自己國家利益的事情。」

假如對方的目標是艾因，那麼可真是足智多謀。

不過這麼一來就會出現過多的疑點，實在不現實。

「艾因殿下，我們現在面臨兩個問題。我按照順序整理出來。」

沃廉用平穩的聲音說道：

「和任何事情相比，最重要的就是艾因殿下的身體。」

「咦？不是赤狐啊。」

「那是第二件事情。不過，既搞不懂赤狐的目的，而且硬要說的話，就算知道牠們在海的另一端有動向，也不確定會不會對我們伊修塔利迦造成威脅。雖然牠們或許正準備要對我們伊修塔利迦露出獠牙，不過還不到能夠確定的階段。現在艾因殿下的身體狀況比較重要。」

聽見他充滿信心的說法，艾因沒有提出異議，靜靜地點頭。

「現在暫時將艾因殿下身體的問題稱作『魔物化』。」

「那是指身分，還有我的身體失去自由的事情，對吧？」

「您說得沒錯。老實說，之前並無先例。從我的角度來看，為了不讓離開埃伍勒時發生的事情再次發生，我認為這是必須要好好進行調查的問題。」

「這個……是，我也是這麼認為。」

「能獲得您的同意備感欣慰。再來，您沉睡半年都沒有醒來——不，下次不一定會有一樣的結果。從實際利益的層面來看，希望能夠避免王儲陷入好幾次昏睡狀態的事態發生。

「不過，我們也不打算忽視第二個，也就是關於赤狐的問題。」

這是因為**他**……杜拉罕的力量就是如此強大。」

「那邊也要調查嗎？」

「當然。我會給流入海姆的間諜指令，要他們發現在意的情報便逐一上報。同時，我們也預定要去探查，伊修塔利迦是否有留下什麼關於赤狐的情報。」

姑且可說是大概都有了定案。

沃廉撫著鬍子，最後說道：

「最重要的是先調查艾因殿下的身體。當然，我想時常會需要艾因殿下親自行動……大概會離開都城，前往別的都市進行調查吧。或許需要依靠研究學者，也說不定需要仰賴冒險家擁有的知識。」

「不要緊的。畢竟攸關我的身體，我也想要好好調查清楚。」

艾因老實地回答後，看向辛魯瓦德。

「爺爺，給大家添了麻煩，真的非常抱歉。」

「沒有必要道歉，只是朕和大家都很擔心艾因罷了。」

「是，所以我想要好好針對我的『魔物化』進行調查。雖然可能會時常向學園請假。」

「無妨。這也是莫可奈何的事。不過沃廉，說到學園，朕記得鎧札爾——」

◇◇◇

距離艾因清醒過了將近一個月。

春天是升年級前的忙碌時期，不過今年和以往相比又變得更加忙碌。

首先是學園。舉行了延後的考試後，艾因順利地維持在一班。

在那之後，他也久違地和朋友們聊了天。

雖然朋友們有問他為何坐輪椅，不過艾因聲稱自己在這半年的公務期間受了傷。

艾因也已經開始進行復健，他的恢復速度快到讓周遭人深感訝異。艾因猜測是死靈巫妖為他做了點什麼。

——恢復到能夠獨自行走的艾因離開王城，前往某棟建築物。

「嗨，庫洛涅。」

「……我可不認為這能如此輕描淡寫。」

他來到位於城邊都市的庫洛涅家，也就是奧加斯特商會的根據地。

艾因沒有事先和她約好，只說聲「嗨」便突然來訪，對庫洛涅來說簡直難以置信。

艾因半年後醒來的那天，她在當天便來到了王城。庫洛涅的眼眶盈滿淚水並緊緊抱住他，這反應和克莉絲及奧莉薇亞如出一轍。

今天艾因請假沒有進行復健，而她也待在自家。

「真是的……就算是我，在見艾因之前也會想要將頭髮整理得更——」

雖然她吐露不滿，臉上卻有掩不住的喜悅。

艾因露出苦笑，接著握住了她的手。

「欸，我們去約會吧。」

「————唔！」

因為即將迎來春天，外頭充滿了溫暖的陽光氣息，天空一片平靜。

也就是說，今天是約會的絕佳日子。兩人走過人煙稀少的場所，抵達海港的角落已過了一段時間。

「哇……真是的，怎麼能亂潑水呢？」

「啾！」

「啾嚕嚕！」

彷彿在回應庫洛涅的話，雙胞胎海龍低下了頭。

「哎呀……真是祥和啊。」

坐在置於棧橋上的木箱，艾因這麼說著。

「喂，艾因？明明應該是在約會，為什麼你卻和我保持距離呢？」

「看著庫洛涅和雙胞胎嬉戲，讓我覺得很療癒。」

「是、是嗎……不過，不可以！你得好好陪我才行。」

「我知道啦，大小姐……嘿咻。」

艾因站起身並走近庫洛涅，兩人自然地相視而笑。

話說回來，應該說不愧是魔物嗎？雙胞胎的成長速度非同小可。不過在成長速度這方面，也還有別的原因。

這是因為某個人覺得好玩，所以餵給雙胞胎許多魔石。

聽說從原本一個一千G的便宜貨，到了現在甚至會餵食牠們超過五萬G的高價魔石。

不過，犯人似乎沒有預料到竟然會成長得這麼快，甚至還辯解道：「超出我的預期喵！但是我停不下來喵！」艾因對此仍記憶猶新。

「不過話說回來，真的長大了呢。」

「啾嚕嚕～～？」

「啾～～？」

「雖然叫聲很可愛，不過身體的大小已經不是可愛能形容的了。」

愛爾與亞爾，這兩頭海龍的身體已經長達五公尺了。

就連現在看起來似乎也已具備相當的戰鬥能力，牠們也會自己去獵捕近海的小型魔物們，有時還會帶素材當伴手禮回來。

偶爾甚至還會帶海結晶回來。那可是不容忽視的伴手禮。

「雖然牠們兩頭現在還能穿過水路回到王城裡，不過很快就會有點困難了吧。」

「是啊。這麼一來，身為爸爸的艾因會感到很難過嗎？若在王城的話便能隨時見面，但若養在這裡，就需要花點時間才能見到。」

「不、不過，能夠長大才是最重要的嘛。」

「牠們都已經這麼親近你了，或許在艾因遇到危機時，會為你趕到現場喔？」

咯咯地笑著的庫洛涅有著一般女孩無法模仿的高雅氣質，不過面對艾因的笑容惹人憐愛，十分符合她的年齡。

「所以……怎麼這麼突然？」

「你是指什麼事？」

撫摸海龍頭的庫洛涅轉過頭，美麗的淺藍色秀髮飄了飄。

「唉唉……真是的，你以為我不知道嗎？我差不多要生氣了喔？」

縱使她露出不悅的表情，那容貌依舊動人。

「如果說我……完全變成魔物的話，妳要怎麼做？」

「不怎麼做呀。」

「——什麼？」

「就說了，不怎麼做呀。艾因就是艾因嘛！」

「不不不不！我有可能會變成魔物……變成別的生物喔？」

「嗯，我知道。」

庫洛涅一邊眺望水面，一邊輕聲地笑了。

她獨有的那如花一般甜蜜的香氣，從搖曳的秀髮飄散而來。纖細優美的指尖按在唇邊的動作，充滿了妖豔的美。

「我不可能因為那種事情離開你。不過，若你會擔心的話，那我們就做個約定吧。」

語畢，庫洛涅立即拉近與艾因的距離。

「若是艾因重生為魔物，就再送我一朵星辰琉璃結晶。若你做到的話，就沒有任何問題了。」

她將戴在右手的星辰琉璃結晶面向艾因。

「什、什麼沒有問題……我覺得有一堆問題耶。」

「不，對我來說一點問題都沒有。」

仔細想想，當初在贈送星辰琉璃結晶給庫洛涅時，他沒有理解那份含意。

不過他現在明白了。

而庫洛涅這份要求的背後，就是在索求那份意涵。

「不過，如果只要那樣就好的話……」

「真是的——雖然你說得很輕描淡寫，但是我之所以會在這裡，就是因為你口中的**只要那樣**喔？」

庫洛涅雙手環在胸部下方，表現出對艾因的不滿。

「對、對不起！不過因為我太驚訝了……」

看到艾因急忙想補救的模樣，她一下子便露出笑容。

「呵呵……我說笑的。不過，這可是約定喔？」

「我答應妳。如果真的演變成那樣，我會再送妳星辰琉璃結晶的。」

一聽到這句話，庫洛涅便愉悅地牽起艾因的手，並和他肩並肩坐到剛剛艾因坐的木箱上。

「雖然你要去調查身體的事情，但你並不會永遠離開都城，對吧？」

「嗯，我想應該會一邊觀察情況一邊決定。」

大概是很擔心艾因吧，庫洛涅牽起艾因的手輕輕撫摸。

「很癢啦……」

「你稍微忍忍吧——所以呢？艾因擔心的事情和想對我說的話，這樣就說完了嗎？」

「咦？呃，嗯嗯……是啊。」

「那就好。那麼，我們來想想今天在這之後要做的事情吧。」

一臉呆滯的艾因頭上浮現出問號。

「因為今天可是約會呀！你不願意陪我去買東西嗎？」

「原來如此。樂意之至，大小姐。」

不久後，艾因便牽著她的手，離開和雙胞胎遊玩的棧橋。雙胞胎海龍發出聽起來有些寂寞的叫聲，目送兩人離去。

◇◇◇

到了新生即將來臨的季節，學園都市無論到哪都十分繁忙。

和庫洛涅約會後過了幾天，雖然目前處於春假期間，艾因仍滿不在乎地來找鎧札爾。

「啊？聽不懂你在說什麼。」

「咦？鎧札爾教官原本不是冒險家嗎？」

額頭漸漸浮現青筋的鎧札爾，終於抬高了音量大吼：

「就是因為這樣啊！艾因你！一位王儲！到底有什麼目的，才會說想要出入公會啊！」

「感覺好像也會需要冒險家的情報，所以我想應該會常去公會露面。」

「但是卻不能告訴我隱情？」

散發奇妙氣質的艾因點了點頭。

「這樣的話——」鎧札爾開口的瞬間，艾因一下子露出了笑容。

「其實爺爺告訴我，要我去問鎧札爾教官就好了。他也說可以說明隱情——唔！好痛！」

久違地吃了一記鎧札爾的拳頭，疼痛貫穿腦袋深處。

「雖、雖然這些話我自己說也有點奇怪！不過一般來說，可不會有人打王儲的頭喔！」

「放心吧，我已經獲得陛下的許可了。」

「原來元凶是家人啊……沒想到打從一開始我就輸得澈底。」

輸了些什麼啊？鎧札爾在心中這麼嘀咕。

雖然有些省略，不過艾因大致上說明了經過及內情。聽完事情經過的鎧札爾，對於內情比想像中還要沉重許多這一點，不禁感到頭疼。

「喂喂喂……竟然還跑出魔王這個單字？雖然艾因的身體狀況也很重要。」

「這是機密，還請你務必保密。根據爺爺的說法，聽說暫時會給你保守機密的津貼。他說：『請你去吃點好吃的東西吧。』」

「……我聽起來不怎麼覺得高興呢。」

鎧札爾大大地嘆了一口氣，從抽屜拿出紙和筆。

「只是介紹信的話我就寫給你吧。既然是我的介紹，待遇應該不會太差。」

「謝謝。」

「畢竟冒險家是實力主義，雖然我引退了很久，不過有我的介紹，冒險家應該也會乖乖告訴你很多事……反正無論是站在王室的立場或是國家的立場，你都還不能太招搖吧？」

「對。畢竟若需要動用資金，就有通知百姓的義務。」

還不能讓大家知道。

正因為如此，他不能在檯面上行動。

「原本的長相果然會被認出來嗎？」

「你為什麼覺得打倒海龍的大英雄不會被認出來？真是的，你完全沒有仔細想過嗎？你去找瑪瓊利卡商量看看吧！那傢伙可能有不錯的魔具。」

「話說回來，原來鎧札爾教官認識瑪瓊利卡先生啊。」

「何止認識，那傢伙以前和我組過隊。」

艾因驚訝到差點跌坐在地。

「咦？咦！瑪瓊利卡先生和鎧札爾教官……！」

「是啊。那傢伙可是比任何人都要優秀的輔助，優秀到我知道的人中，沒有比那傢伙更能發揮輔助作用的人了。」

「……他從以前就是那種穿搭了嗎？」

「別問了。」

啊……是的。艾因點頭後接著說：

「……我明天就去露個臉。」

他一邊露出苦笑一邊說道。

——瑪瓊利卡魔石店就在離開大街後拐入一條小巷的地方。

這家店作為祕密名店，在冒險家之間也享有名聲。不知道是不是因為有祕密兩個字，上午時刻，克莉絲陪著艾因前來卻一個人也沒有。

「空蕩蕩的。」

艾因不禁嘀咕。

「……殿下？您也不用這樣一直偷看裡面吧？倒不如說我的店從傍晚開始才正式營業呢。」

瑪瓊利卡苦笑著走了出來。

「呃……為什麼是傍晚？」

「因為那時候冒險家們都回來了啊。他們會來出售狩獵到的魔石。其他頂多就是上午會有些有錢人差遣僕役過來大量收購。」

尤其是平日，天還亮著的時候他不期望有客人會來。

「算了。兩位歡迎光臨。總之請先進來吧。」

一踏入店內，艾因馬上被魔石奪去注意力。

他的店裡今天也有相當不錯的香氣。

「艾因殿下，不可以喔？您有事情必須先做吧？」

「哎呀，不是要買魔石，而是有事情找我嗎？」

艾因老實地點頭。

「哼嗯……殿下給人的感覺和平時不同，就是因為這樣啊。好了，你們兩位稍等一下，我先暫時把店關了。」

瑪瓊利卡俐落地準備關店，接著馬上回到艾因身旁。

「不過話說回來，殿下，好久不見了呢。您療養這麼長一段時間，是因為身體有了變化嗎？」

「……瑪瓊利卡先生？」

看向艾因的雙眸猶如名劍般銳利，帶有巨大的壓力，不容人一句藉口。

「殿下，您真的是殿下嗎？」

那句話急遽地冷卻了店內的空氣，彷彿和剛才是不同世界般，氛圍產生了巨大的變化。

「那個……你說這句話是什麼意思？」

「我換個說法吧。您是人，還是魔物？是哪一邊呢？」

「瑪瓊利卡先生！這話實在太過無禮了！」

激動的克莉絲用力拍打櫃檯站起身。

若只聽表面話語，確實只有無禮二字可形容，不過艾因用手制止了她。

「雖然發生了很多事，不過我是人。這個答案如何？」

艾因回答道。他從頭到尾保持冷靜，完全沒有展現出任何一點迷惘。

「……這樣啊。抱歉突然這麼說，殿下。還有克莉絲也是。」

雖然他很老實地道歉，不過克莉絲似乎沒有完全原諒他，一個勁地緊緊握著手。

「不過瑪瓊利卡先生，你怎麼會問這個問題？」

「像我這種一直以來都以封印為業的人，從我的角度來看，殿下看起來簡直就像是魔物啊……像是吃了魔石進化的魔物似的。」

「啊，那倒是沒有錯。我有那種力量。」

「艾、艾因殿下？這件事——」

「不要緊的。我想就算告訴瑪瓊利卡先生也不需要擔心。」

而且他本來就必須要將杜拉罕之力暴走的經過告訴對方。

到了這裡，艾因總算是將自己昨天告訴鎧札爾的話，原封不動地說給瑪瓊利卡聽。

「唉唉……克莉絲，殿下說的是真的嗎？」

克莉絲點點頭。

她將艾因擁有的毒素分解ＥＸ，以及樹妖吸收技能的加乘作用闡述給瑪瓊利卡聽，也加上艾因在埃伍勒發生的事情。

「殿下真是的，簡直像是**世界樹**一樣呢。」

看見艾因滿臉問號，瑪瓊利卡繼續說道：

「被稱為樹妖族祖先的存在，那就是世界樹。世界樹會保護住在自己附近的人們，據說若是有作惡的魔物，世界樹便會吸盡牠的一切……是像神明一般的存在。」

「祖先的意思是——樹妖族是從世界樹誕生出來的嗎？」

「傳說中啦。正因為殿下繼承了樹妖族的血脈，才令人感覺到緣分啊。」

「原來如此，經你這麼一說確實是這樣呢。」

「那麼我也知道緣由了。也知道您是問過鎧札爾，才來找我的。」

瑪瓊利卡一邊說著一邊起身，迅速地泡了紅茶給艾因及克莉絲。他用較大的馬克杯也泡了自己那份，不久便站在櫃檯的另一端開口：

「關於殿下身體的有力線索以及赤狐的事情，我也略知一些喔。」

「真……真的嗎？」

「是啊。以前我曾讀過撰寫赤狐的書本，紀錄上他們是各種種族的同伴和敵人，是種立場不明的麻煩生物。」

艾因點頭如搗蒜，像是在催促他繼續說下去。「還有——」瑪瓊利卡緊接著這麼說道。

「我知道的事情還有一項，那就是赤狐能夠強化並操縱魔物。當時我不怎麼有興趣，所以沒有好好讀進腦中……」

「那本書你是在哪裡讀到的？」

「等一下喔。我看看，地圖在這裡——啊啊，有了。」

攤放在櫃檯的地圖上，描繪著伊修塔爾大陸。其中，有幾個都市被以紅色圓圈標示出來。

「就是這裡，『魔法都市伊思忒』。這裡是魔具研究的最前線，是誕生最新科技的大都市。考慮到殿下身體的狀況，這裡或許也能得到最多的情報吧。」

以位於大陸東邊的都城來看，稍微往西北方前進一點的地方，正是瑪瓊利卡指示的位置。地圖的南方寫著港都瑪格納幾個字。

「不愧對研究聖地之名，伊思忒有座名為『睿智之塔』的巨大建築物。那是位於伊思忒中央的巨大研究設施，是由超過百年前，當時的研究學者和商人們出資建造的。」

「哦……有那樣的東西啊。」

「在魔具研究方面，魔石產出的能量是不可或缺的，而睿智之塔是比任何地方都還能夠量產能量的設施。建築物的規模……大概和王城一樣吧。」

好大。艾因訝異地張大嘴。

「無論身在伊思忒何處，都能看到睿智之塔，您也可以好好享受一番風景呢。」

「伊思忒啊……雖然我有學過地理，知道一定程度的知識，不過克莉絲小姐，搭水上列車到伊思忒大概要花多久時間？」

「我想想喔，有直達車能到伊思忒，大概半天就到了。」

回答完問題的克莉絲隨後立即皺起眉頭。

「不過，我聽說伊思忒最近頻發貧民窟孤兒失蹤的事件。明明平時是治安很好的都市，這讓人有些不安。」

「咦咦……那是什麼令人不安的情報。」

「還是只調閱資料過來，您覺得如何？雖然就算要去伊思忒，有克莉絲在身邊我想也不會有事。」

瑪瓊利卡說得沒錯。

反過來說，若艾因在有克莉絲陪同的狀態下還被擄走，那麼就算在都城也沒有多大的差別。

「不，畢竟這攸關我自己的身體，我必須親自過去才行。」

「哎呀呀，很棒的覺悟喔。那麼我來寫一封給伊思忒研究所的介紹信吧。」

如此說道的瑪瓊利卡從櫃檯拿出羊皮紙，開始振筆疾書。

「咦……研究所？介紹信？」

「我有很多熟面孔在那裡喔。關於赤狐的資訊，其實我認識的那個人應該也比我清楚。他也很了解魔物，我想能和殿下商量您身體的事情。」

事情進展得飛快。

克莉絲似乎也是第一次聽到瑪瓊利卡說這些事，便和艾因一樣靜靜地傾聽。

「不過，殿下。」

「什麼什麼？」

「若您要調查赤狐等魔物的事情，還有一個都市也不容錯過喔？」

瑪瓊利卡的手突然停了下來，用筆指了指地圖。

「伊修塔利迦有四個大都市。首先第一個就是我們所在的都城。」

接著筆尖便朝向大陸東側。

「然後是港都瑪格納，以及我剛剛說過的魔法都市伊思忒。」

筆尖先指向南，接著往大陸西北。

「然後……」瑪瓊利卡接著說道，手上的筆動了起來。

「絕不能忘記的就是『冒險家之鎮』巴爾特喔。」

地點在伊思忒更西北方。

「這裡被稱為冒險家的聖地。雖然也是因為周邊地形有許多魔物，不過這裡裝飾了據說是初代陛下討伐的巨大魔物亡骸喔。」

「──巨大魔物？」

「您很有興趣呢。雖然沒有海龍那麼大，不過也是巨大的魔物喔。」

據他所說，有許多像艾因這般憧憬初代國王的人，前往此地並以冒險家為業。還有，在巴爾特獲得的魔物素材會出貨到全大陸。

「而且巴爾特的附近有舊魔王領以及魔王城。」

是因為興奮而顫抖嗎？艾因的身體抖了一下。

關於這次的赤狐事件，魔王相關的話題正是他無可避免的。艾因看向克莉絲的臉，她微微點頭後並開口：

「調查隊曾多次前往魔王城，我也曾到訪過，但是我反對艾因殿下前往那裡。」

「咦？為什麼？」

「……因為那裡有來歷不明的魔物氣息。」

望向克莉絲嚴肅的視線，艾因不禁屏息。

「雖然只是感應到氣息，不過那令人窒息的恐懼鮮明地留在我記憶中。」

所以很危險。

「我反對您去魔王城。」她最後再次用強硬的口吻如此堅決主張。

「而且，最重要的可是艾因殿下的身體喔！赤狐只不過是次要的事！」
「雖然也不算是次要……唔嗯……」
老實說，他對伊思忒和巴爾特兩個地方都有興趣。
不過就這次的狀況來看，瑪瓊利卡的介紹和先前給的情報相當有利，而克莉絲說的話也是對的。
（但是，若在伊思忒也能調查赤狐的情報，那一起調查比較好吧？）
他決定回到王城後，試著向辛魯瓦德提議。
「機會難得，這次就選伊思忒吧。」
巴爾特是否留有赤狐的情報這一點尚不明朗。縱使有，大概也需要前往危險的魔王城附近吧。
「克莉絲小姐，可以去伊思忒吧？」
「我贊成……艾因殿下似乎懂得自重了，我很高興。」
克莉絲露出耀眼奪目的笑容再次叮囑。
大概是因為他對自己至今為止做了許多引人注目的行動有印象，於是艾因不禁吹著口哨撇開視線。
「克莉絲，介紹信就交給妳了，千萬別弄丟了喔？」
「我、我才不會弄丟呢！」
「妳這麼強勢的回答，可真令人擔心啊……話說回來，殿下，您要隱瞞身分前往嗎？」
「畢竟會引起騷動啊。」
艾因回答之後，這才想起某件事。
「我聽鎧札爾教官提過，所以想說不知道能不能找你商量隱藏長相的方法。」
「沒問題，我幫您做個魔具。要準備幾人分？」

聞言，克莉絲在艾因之前回答：

「艾因殿下和我，然後要說到可能會一同前往的人就是迪爾，合計三人分。」

「哎呀？身為元帥的妳可以這麼輕易離開都城嗎？」

「你說得沒錯。因此我將會向陛下申請休假。」

「這樣啊……克莉絲總是全年無休地在工作呢。這麼一來休假會變得有點長，這一點不要緊嗎？」

「雖說已成為陛下的專屬護衛，不過畢竟還有羅伊德大人在。」

「真是合理。那麼三人分的魔具要價一千五百萬G，我會做出特製斗篷，讓別人難以辨認你們的身分。」

這個位數太奇怪了。艾因訝異地張大了嘴，克莉絲卻若無其事地說道：

「那麼日後再付款。」

「了解。我今天之內就做給各位。」

「克、克莉絲小姐？這樣好嗎？」

「那當然。應該說這點金額就能交差，還算是便宜的呢。」

「咦、咦咦……」

「殿下，魔具可是很昂貴的，高價物品可以輕易超越一億G呢。」

艾因知道的民生用魔具，是靠平均月收入也能輕易入手的金額。不過若是談到訂製品，其價格就會一口氣向上抬升，位數自然也會變化。瑪瓊利卡如此說明道。

「畢竟還有克莉絲在，費用也有算便宜一點了喔？」

「雖然很感激……話說回來，克莉絲小姐和瑪瓊利卡先生是因為什麼而認識的？」

那瞬間，克莉絲的身體彷彿凍結般僵直了。

艾因看向瑪瓊利卡尋求解答。

「克莉絲真是的，妳沒有說啊？」

「啊哈哈哈……」

雖然克莉絲還感到有些迷惘，不過她打定主意後，面向艾因開口：

「其實我的姊姊和瑪瓊利卡先生，以及鎧札爾閣下曾經在同一個小隊活躍。」

「真是的，這點小事怎麼沒有馬上告訴殿下呢？」

「因為內容有點讓我難以啟齒……」

另一方面，艾因展現出超越克莉絲的迷惘。

「克莉絲小姐？妳說妳有姊姊是……？」

「是真的喔，雖然是個問題一大堆的姊姊。」

「確實是問題一大堆呢。明明很強卻是個不知道在想什麼的女人，而且強到連羅伊德大人都毫無還手之力這一點，真的也讓人摸不著頭緒。」

瑪瓊利卡的發言讓在艾因身旁的克莉絲不禁抱著頭。

（比羅伊德先生還要強——）

光是想像，就能理解是個不得了的實力強大之人。

「欸，克莉絲小姐，妳的姊姊現在——」

「非……非常抱歉，我會慢慢告訴您的，今天還請您到這裡就饒了我吧……」

她甚至不和艾因對上視線，感到很抱歉地說道。

在對面的瑪瓊利卡莫可奈何地看著這樣的克莉絲，便以眼神示意，告訴艾因這次就先放過她。

「克莉絲小姐～～？我不在意的，抬起頭來嘛～～」

不過，絲毫不願抬起臉的她，看起來簡直像是在反省中的小狗。艾因慢慢伸出手，輕輕撥了撥她的金髮。

克莉絲的身體瞬間抖了一下。

「那孩子還真是被您馴服了呢。」

看到克莉絲稍微側身，讓艾因比較方便觸碰的模樣，兩人不禁苦笑。

「——啊！不好意思，我不禁受到療癒……」

雖然最後的話題相當衝擊，不過姑且達成了當初的預定。

瑪瓊利卡喃喃地說著「妳果然是個廢柴呢」，接著告訴兩人會馬上著手製作魔具斗篷並送到王城。

兩人因為這好兆頭感到開心，離開了瑪瓊利卡的商店。

回到王城的艾因告訴辛魯瓦德「想去伊思忒調查赤狐的事」，辛魯瓦德聞言則是半帶無語地說著：

「又來了啊。」

不過，既然可以同時調查身體和赤狐的話——於是辛魯瓦德下達了許可。

◇◇◇

夜幕降臨後過了不久。

決定要前往魔法都市伊思忒後過了幾天，艾因來到王城內部的沙灘。

細小的波浪聲搔癢著耳朵，置於各處的魔具散發光輝的光景，宛如看見海洋的宴會會場。

「呵呵──真的已經不要緊了啊。」

庫洛涅對艾因笑著，聲音聽起來很愉悅。

她牽著艾因的手向後倒退走著。

兩人的手重疊，庫洛涅不禁咯咯地發出笑聲。

「就說不要緊了！這種模樣被大家看到，很難為情耶……！」

「我知道，所以我才會來這裡呀。還是說，你就那麼討厭和我手牽手？」

「不是討厭！所以說我會害羞啊……該怎麼說才好……」

「這很重要。因為艾因下週起就要去伊思忒了呀。我必須要趁現在好好確認你的身體是否已經恢復到最佳狀態，對吧？」

雖然理由十分正經，不過從她的表情來看，也感覺得出來她很樂於替艾因做復健。

「……反正我也不討厭啦。」

雖然內心有些騷動，不過感覺不壞。不如說像這樣能與庫洛涅相處的時間，甚至讓他感到憐愛。

「在艾因去伊思忒的期間，我也來做點什麼好呢？」

「不用幫忙奧加斯特商會的工作嗎？」

「雖然有在幫忙，不過祖父大人下週起也要離開都城去工作──這麼說起來，我想祖父大人的行程中好像也有伊思忒。」

「哦？如果有見到面，就去和他聊聊吧……」

艾因說得毫不在意自己的身分，而對方既然是庫洛涅的祖父，那麼也沒有必要計較。

「我想葛拉夫先生應該會帶些伴手禮，我也去買點東西回來吧。」
「謝謝你。能收到艾因的禮物是我最開心的。」
也因為兩人牽起手，在這麼近的距離下親口聽到她這麼說，讓艾因更加害羞。艾因撇開了視線，稍微清了清喉嚨後端正姿勢。
「好了。」
差不多回王城裡吧。
在感覺開始冷起來時，艾因正想這麼提議。
「哇啊！」
兩人因偶然下陷的沙灘而腳步踉蹌。
艾因差點壓在庫洛涅的上方，但是想到有可能會害她受傷，艾因瞬間拉起她的手，與她調換身體的位置。
唰──艾因先倒到了沙灘上，接著庫洛涅則壓在他的身上。
「沒、沒事吧？」
「嗯……多虧艾因，我沒事。」
在簡單的交談後，沉默瀰漫在兩人間。取而代之迴響在耳邊的是聽起來比剛才還要熱鬧的海浪聲。
「……欸。」
庫洛涅伸出一隻手輕觸艾因的臉。
「什麼事？」
另一方面，艾因雖然佯裝平靜，胸口卻跳得飛快。

庫洛涅如絲綢般的秀髮搖曳在海風中，輕輕地拂過艾因的臉頰。她身上甜美的香氣不斷搔癢著艾因的鼻腔。

海龍騷動的時候，她曾親吻他的臉頰，說是女神的祝福。

和那天不同，現在因為兩人緊緊相貼，艾因也發現庫洛涅的心跳飛快。

「你這次會平安回來嗎？」

這麼說著的她再伸出另一隻手，用雙手捧著艾因的雙頰。

「嗯，我答應妳。」

「真的？不會像埃伍勒那時候一樣？」

「不會變成那樣，我也會努力不讓自己變成那樣。如果身體有異變，那麼我到時候會遵守前陣子和妳的約定。」

他提及約會那天的事情，庫洛涅便垂下眼簾，綻放笑容。

「那就好。艾因是會遵守約定的人。」

接著，庫洛涅難得展現出撒嬌的動作。

她放鬆上半身的力氣，和艾因的距離更加貼近。

「——呵呵。艾因的胸膛好像很熱鬧呢。」

「我不否認，不過……」

庫洛涅也是。他沒有說出這句話。

看到她開心的模樣，艾因的害臊消失無蹤，說出了別的話語：

「我覺得偶爾像這樣也不錯。」

他表現出將計就計的態度。

庫洛涅一瞬間露出呆愣的表情，隨後馬上露出微笑。

「要對大家保密喔。」

「是啊，就算陛下問我，我也不會說的。」

兩人打從心底互相露出快樂的笑顏。

歡笑一陣子後，庫洛涅似乎想起些什麼，便坐起身子。

她牽起艾因的手，和他肩並肩坐在沙灘上。

「跟你說喔，有個好東西我想要送給艾因。」

「給我？妳要給我東西呀？」

「是啊，畢竟你要離開一段時間。雖然還無法實用化，不過這是可以來回傳訊的新型傳信鳥喔。」

還真是很久沒聽到的單字。

雖然因距離會有所不同，不過傳信鳥應該很昂貴，艾因煩惱著自己是否該如此輕易地收下這樣的東西。再加上傳信鳥竟然開始能夠來回傳訊，對於這件事他也感到訝異。

「這是祖父大人出資讓伊思忒的研究所製作的。」

「哦……葛拉夫先生也有在做這種生意啊。其他還有什麼新的亮點嗎？」

「傳信鳥不是很昂貴嗎？不過這個新的傳信鳥降低了費用，也能互相聯絡，似乎是希望未來能夠打造成民生用品。」

「雖然妳講得輕描淡寫，但是葛拉夫先生在做很厲害的事情呢。」

「呵呵——不過相對的，要花上好幾個小時才能聯絡到對方。」

縱使如此，速度也已經夠快了。

庫洛涅從懷裡拿出一顆單手能握住的小小水晶球。

這東西的使用方法很簡單，只要拿在手上，一邊施加魔力一邊說出想傳達的事情即可。

「來，請用。另外一邊我帶在身上。」

「謝謝。話說回來，大概可以來回幾次呢？」

「大概三次左右吧……祖父大人說差不多是這樣。據說對方的訊息送到自己這裡時，會散發出蒼白色的光芒。只要和送出時一樣注入魔力，便能聽見對方的聲音。」

感覺還不錯，艾因這麼心想。

雖然要去遙遠的伊思忒做調查，不過能夠聯繫上庫洛涅。如果能夠像書信那樣收到來自她的話語，光是這樣他就有種自己有辦法努力的感覺。

「要是你覺得寂寞，隨時都可以傳訊息給我喔，好嗎？」

「……庫洛涅才是，只要妳寂寞，隨時都可以傳訊息給我喔？」

要說這是互相在比毅力，或許有些太可愛了。艾因看到庫洛涅嘟起嘴唇，便愉悅地向她道歉：「抱歉抱歉。」

「等我到伊思忒就會馬上聯絡妳，希望妳能等等我。」

庫洛涅聞言便露出笑容，看起來十分幸福。

名為魔法都市伊思忒的地方

艾因搭乘的班次是自白玫瑰發車前往魔法都市伊思忒的直達車，且乘坐的是列車上費用較昂貴的貴族專用車廂。

他們已收到委託瑪瓊利卡製作的魔具，與克莉絲和迪爾一同前往伊思忒的日子也到來了。

要說有什麼問題——

「啊，那裡好舒服喵。再用力一點摩擦喵。」

那就是突然表示要參加的凱蒂瑪。

不過，他們沒有為她準備魔具，於是她自己提出某項提議。

「沒想到妳竟然會混在行李裡面，直到上了水上列車啊。」

「我要在抵達伊思忒之前變裝喵。所以你們放心吧——啊～～那裡好棒喵。」

為了慰勞她到這裡一路上的辛勞，艾因撫摸凱蒂瑪的脖頸。

凱蒂瑪愉悅的模樣簡直就是家貓。她難道沒有自尊嗎？包廂的休息廳擺著沙發，看到她大字坐在沙發上，為了艾因手的動作心醉神迷的模樣，不禁覺得玩笑也該有個限度。

「不過話說回來，這個魔具可真方便呢。」

他們一進車廂，便將瑪瓊利卡特製的斗篷脫下。

「艾因殿下、艾因殿下，比瑪瓊利卡厲害的師傅可不多喔？」

「縱使他身穿那種服裝？」

「……縱使他身穿那種服裝。」

兩人互看一眼，嘆了口氣。

「不過話說回來，凱蒂瑪阿姨，真虧爺爺准妳一起來耶。」

「因為也有該給我的獎勵喵。那本魔王著作是經過各種調查才集結成冊的，可算是功績喵。所以我決定用這個機會，這次跟著來伊思忒喵。」

身為公主的凱蒂瑪無法頻繁離開都城，這次前往伊思忒調查，對身為研究學者的她來說可是夢寐以求的行程。

「呵呵呵！真令人期待喵！」

「還要花很多時間才會到，可別太興奮喔。」

「我知道喵！真是的！你是不是以為我是什麼小孩子喵？」

「不，是更加吵鬧的——沒什麼。」

即時吞下了後半段的話，艾因苦笑著望向窗外。途中，他的視線和克莉絲交會，便看得出兩人的想法一致。

一行人在傍晚離開白玫瑰車站，這輛水上列車預定會在隔天早上抵達目的地。

因為這是貴族專用車廂，因此內部設有符合人數的臥室。大家在吃過晚餐後不久，便各自前往臥室好好讓身體休息。

艾因醒了過來。

他看了看時鐘仍在深夜，感到口乾舌燥便起身。

「……去休息廳吧。」

去喝點東西。

車廂中有許多招待的飲料。

打開臥房的門，來到車廂的通道上。從通道的窗戶向外看，漆黑的景色中也亮著零星燈光。

沉浸在與都城不同的氛圍中，艾因不久後便打開休息廳的門。

「咦？艾因殿下，您怎麼了嗎？」

在那裡的人是克莉絲。

和執勤中的她不同，現在的她少了點正經，用柔和的微笑迎接艾因。

「我有點渴了。克莉絲小姐呢？」

「嗯，其實我也是。」

克莉絲坐在休息廳設置的吧檯這麼回答道。

不同於平時的盔甲和騎士服，她身穿無袖的上衣，下半身則穿著緊身褲，凸顯了她姣好的身材。

「不嫌棄的話，要不要一起享用？」

身穿便服的克莉絲果然不同於以往。

看向她手拿的玻璃杯，那指尖的動作中蘊含著某種性感，而交叉在桌子底下的細長雙腿也一樣。

絕對不是騎士打扮的克莉絲沒有魅力。

不過，現在的她或許是她原本的樣貌吧。艾因輕輕地點了點頭。

「那麼，我可以坐妳旁邊嗎？」

「嗯，當然可以。我幫您準備飲品。」

艾因坐下，她則是起身前去準備艾因的飲料。

「艾因殿下要喝什麼？」

「我想要冰的水果水。克莉絲喝的是……啊啊，香料酒啊。」

「香料酒可以助眠。不過我還是幫艾因殿下準備水果水吧。」

在這有些時髦的酒吧中，一頭金髮的美麗精靈坐在身旁，然而男孩點的卻是水果水。艾因在腦中想像的畫面有些不相襯，不禁露出苦笑。

「讓您久等了。來，請用。」

她來到艾因身旁，將飲料放在艾因面前，並坐到艾因隔壁。這時她的脖子附近傳來一陣清淡的甜蜜香氣，這一點顯得有點可恨。

艾因緩緩將視線移往窗外。

「在橋上啊。」

他們在無法分辨是海還是河川的巨大水域上方。

長得不可思議的這座橋還看不見盡頭。

「這一帶是半鹹水域。位於下方河川的寬度也是全大陸屈指可數的奇景，而我們行進的橋也以伊修塔利迦最長之橋而聞名。」

「原來如此，難怪看不到盡頭……」

艾因一邊說著，一邊舉杯啜飲。

看到他滋潤乾渴的喉嚨後，克莉絲開口：

「我想，這好像是第一次有能夠和艾因殿下像這樣好好聊天的機會。」
執起盛著香料酒的高腳杯，克莉絲一邊望著杯子一邊說著。
艾因在一旁望著他的臉，不知是不是因為喝了香料酒，她的臉頰感覺比平時要紅。
「這麼說起來確實是呢。雖然我們有很多機會一起行動，不過這樣的機會似乎還是第一次。」
「自從那天在海港鎮勞登哈特的相遇已經過了好幾年呢。」
「真是懷念。我一開始看到克莉絲小姐還充滿了戒備。」
「呵呵，確實如此呢。您那天的舉止，至今在近衛騎士之間也頗受好評。」
「咦？等等……那是什麼意思？」
「老實說，近衛騎士也難以預估艾因殿下是什麼樣的孩子。雖然奧莉薇亞殿下偶爾會傳送近況報告到伊修塔利迦，不過不實際見面，心裡果然還是沒有底呀。」
無法否認其中也包含了對海姆的壞印象。
就算他是奧莉薇亞的孩子，面對繼承羅卡斯血脈的艾因──他們也有過這樣糾結的心情。
當時，伊修塔利迦的人們大概承受了一番辛勞吧。艾因察覺到這一點，重複咀嚼起自己給他們添了諸多麻煩的回憶。
「……唔唔嗯……」
克莉絲在他身旁，帶著睏意揉著眼睛。
（我來的時候，她該不會正要去睡吧？）
那麼他還真是做了件壞事。
「克莉絲小姐，妳睏的話就先──」

「不要緊！我並不睏！」

「妳不用逞強的……」

克莉絲的回應打斷了他的話。艾因看著她的雙眼，仍然充滿了睏意。

艾因不再多提及這一點。

「這麼說起來，這簡直像是在旅行呢。」

「您是說這次的調查嗎？」

「嗯。隱藏身分離開王城，這種事已經超越微服出巡，感覺像是旅行了。」

「啊哈哈……是啊，經您這麼一說，這次的遠行確實類似旅行呢。」

「雖然背負著沉重的隱情，不過我從來沒想過自己會做這樣的事情。」

出生後第一次遠行，是從海港鎮勞登哈特到海姆都城的路途。艾因想起了當時奧莉薇亞告訴他「艾因也可以去旅行」的這句話。

一看到艾因的笑容，克莉絲便嘟起嘴唇。

「我們可是有重要的事情要做，您可不能太興奮喔？」

「我知道。畢竟這攸關我的身體，而且還要調查赤狐的事情。」

「就是說呀？有很多重要的事情要做……」

克莉絲的眼皮又垂了下來。

「唔……您是不是……又覺得我很睏？」

「真虧妳知道呢。」

「所以說，我不是說過很多次……我一點也不睏嗎……」

說著這句話的她，語尾變得無力。

看到她的頭開始搖搖晃晃，身體也前後搖晃的模樣，艾因知道她快到極限了。

「我知道了啦——不過，**以後真想再來這種旅行呢**。」

無論有什麼樣的隱情，他很喜歡出遠門旅行。

艾因帶著這樣的意涵說出這番話。接著原本打算等克莉絲回應他後，提議彼此該上床睡覺了。

「……呼……呼唔……」

不過已經太遲了。

艾因視線所及的是連孩子都相形見絀的沉眠。克莉絲用自己的手臂當枕頭，側臉面向艾因，已經開始發出均勻的呼吸聲了。

闔上眼的睫毛強調其纖長，上下唇瓣帶著香料酒的紅潤。

「好了……」

這個狀況該如何處理？

他根本沒有想過要把克莉絲放置在這裡並離開。那麼就只能在這裡等她醒來，或是把她搬進臥房。

「來搬吧。」

他可不希望帶著睏意抵達伊思忒。

對艾因來說，克莉絲身高較高的身體還有些太大。

「嗚哇，身體好輕！」

他的手繞過克莉絲的膝蓋後方，另一隻手則撐著她的背將她提起來，毫無困難地走了起來。來到通往臥房的通道後，艾因走到她的臥房門前用腳開了門。

他輕輕地將克莉絲放到看起來是她的床上。

「好了。」

艾因幫克莉絲蓋上毛毯，最後小小地說了一聲「晚安」後，離開了她的臥房。

◇◇◇

隔天早上，一抵達伊思忒後，下了水上列車的克莉絲馬上詢問艾因：

「艾因殿下……那個，昨天晚上我……是怎麼跟您分別的？」

「很平常地說了晚安之後就回房間了喔？」

「——那、那就好。」

這當然是謊言，不過沒有必要告訴她真相來刺激她的羞恥心。

四人穿過車站月台後，來到感覺是出口的地方時，艾因面露訝異。

「沒有剪票用的魔具？」

取而代之的是設置在天花板和地面的銀色長型橫板。就連艾因都看得出來，每當人們通過，那裡就會發出淡淡的綠色光輝。

「你看，就是用那個在天花板和地上的魔具加以判別喵。只要手上有車票就沒問題喵。」

脫下平時穿的白衣，戴上眼鏡改變服裝的凱蒂瑪說道。

順帶一提，雖然被斗篷遮住，不過為了以防萬一，艾因他們三人也穿上與平時不同的輕裝。

「原來連那種魔具都有啊。」

「白玫瑰也很快就會更新喵。很方便喵？」

為了省去剪票的工夫，真不知道研究人員到底花了多少心血。

「嗯，讓我體會到魔法都市的厲害之處了。」

雖然人潮數量略遜於白玫瑰車站，縱使如此，伊思忒還是大都市之一。

可能是因為處於早上人潮擁擠的時段，和都城相比，有許多身穿西裝和白衣等服裝的大人們吸引了他的注意。

「那個……今天要從什麼開始下手啊？」

於是迪爾開口：

「先去尋找旅館如何？在下和父親大人曾來過幾次伊思忒，知道些貴族會住宿的旅館。」

「雖然這樣很方便，不過不能住一般的旅館嗎？」

「不行。陛下叮囑過，不能住廉價旅館。」

縱使隱瞞身分，他仍舊是王儲。這也沒辦法，艾因如此回應。

在迪爾帶頭引領下，艾因穿過人潮混雜的站內，進入伊思忒引以為傲的大道。在那裡等著他的是從未見過，宛如不同世界般的光景。

「哇啊——！」

大道兩旁並排的店家屋頂都是尖塔設計，瀰漫著類似哥德式的風格，路肩則有黑褐色的復古風街燈等距並排。

雖然都城也時常能看見馬車，不過在伊思忒，拉著馬車的是不同於馬的魔物。從宛如野牛的魔物到長得像龍卻沒有翅膀的魔物等等，有各式各樣的魔物拉著馬車。

橙色的石子地整齊鋪張於地面，到處都有穿過屋頂的粗大輸送管，引起了他的興趣。

仰望天空，與都城相比，濃烈灰色的天空籠罩著都市——

「艾因，你看看喵。那就是伊思忒的象徵『睿智之塔』喵。」

凱蒂瑪手指的方向在都市中央，沿著大道直走的彼端。

「那、那就是睿智之塔……！」

規模之大讓艾因連連吃驚。

和王城相比雖然規模較小，不過光看塔的高度卻勝過王城。

「五十層樓高，用上數量驚人的礦石，並在加工過後打造成中央的塔。圍繞四周的粗大輸送管，還有證明著無時無刻都在生產能量的青綠色蒸氣……不管什麼時候來看，這都是研究學者的藝術喵。要挑毛病的話，頂多就是太依賴舊式爐子這一點喵。」

「畢竟這個設施這麼巨大，要改建恐怕很不容易吧。」

仔細一看，從睿智之塔延伸出來的輸送管，似乎鋪設在整個城鎮中。伊思忒這個都市全體，是以睿智之塔為中心而存在的，艾因深切地理解了這一點。

「那座塔裡有什麼？研究所？」

「沒錯喵。不過僅有少部分研究學者才能擁有裡面的研究室，基本上國家也不能對他們的營運插嘴，在伊修塔利迦中也是屬於特別的設施喵。」

「喔……凱蒂瑪阿姨有去過嗎？」

「有喵。不過因為他們是民營設施，所以國家或王室不能擁有裡面的研究室喵。」

看到她一臉陶醉地眺望睿智之塔的模樣，就能知道那究竟是多麼重要的設施了。

「而且就算在那裡擁有研究室，其維持費也……還有，審查也很嚴苛喵。」

「維持費果然很高嗎？」

「高得嚇死人喵！縱使我帶著現有資產變成庶民也付不起喵。」

看來是不得了的金額。艾因的臉不禁抽搐。

「不過，這裡真的是充滿魔具的城鎮呢。」

光是一個車站，就已經和都城有所不同。

一想到這裡，艾因的腦中閃過些許厭惡感。

「母親遠嫁海姆，卻還有都市像這樣毫不手軟地使用魔具啊。」

他能理解為了研究，必定要花上許多支出。

但是，縱使如此……

沒辦法整理好這無法切割開的感情，他也只能理解這是莫可奈何的事情。

「……艾因殿下，我們走吧。在下帶您去父親大人推薦的旅館。」

悄悄出現在艾因身邊的迪爾，用手輕輕貼著他的背。

從那溫暖的手以及充滿體貼之情的話語，艾因感覺到一股宛如哥哥般的包容力。

「謝謝。我可不能因為這種事情氣餒呢——啊，對了。」

他想起在離開都城之前，從庫洛涅那裡收到的傳信鳥。

雖然還沒有抵達旅館，不過既然已經抵達伊思忒，那應該沒問題吧。艾因從懷裡掏出傳信鳥，為了不錄到雜音，將其湊到嘴巴旁邊。

「庫洛涅，我終於到伊思忒了。這邊和都城相比好像比較冷，睿智之塔比我想像中還要巨大，讓我開始有點期待。」

最後，他加上一句「現在正要去旅館」後，結束了錄音。

傳信鳥立刻散發出蒼白色光芒，閃爍幾次後恢復了原狀。

艾因確認到這點後，在迪爾的帶領之下前往旅館。

◇◇◇

一行人將行李放到旅館後，艾因拿著瑪瓊利卡交給他的介紹信，走上了伊思忒的街頭。

寫在信上的地址是一間學園，有個寫著「伊思忒大魔學附屬學園」這個名字的招牌。

地址應該就是這裡沒錯。

艾因一行人面露困惑，凱蒂瑪說聲「往這裡喵」並向前走去。

「剛剛那是研究所附設的學園，要找的研究所在更裡面一點喵。」

他們沒有進入建築物的用地，而是繼續走在路上後過了不久。

迎接艾因的是五層樓高的巨大洋房。大門前有守衛駐守用的小屋，而鐵欄杆大門上頭裝了幾個魔具鎖，戒備森嚴。

看見艾因一行人靠近，守衛現身並皺起了臉。

「似乎不樂見我們呢。」

「這也沒辦法喵。有三個人穿著感覺像冒險家的斗篷，再加上我又是貓妖族喵。」

「不過，我們也沒空在意這種事情。」

他們輕鬆地聊了幾句話。

「冒險家會來可真難得。你們有介紹信嗎？」

聽到守衛這麼說的克莉絲拿出了介紹信。

「請看這個。」

「……請讓我們檢查內容。不好意思，因為冒險家時常會拿偽造的介紹信來，希望你們不要覺得不舒服。」

「嗯，不要緊。」

抗拒的態度也不過十幾秒。

一看到信封，守衛的表情迅速驟變並瞪大雙眼。

「喂！馬上叫主任教授過來！」

他對著小屋裡的其他守衛大喊出聲。

「叫、叫奧茲教授嗎？」

「沒錯！別問了，還不快去叫人！」

說到主任教授，豈不是相當有地位的人物嗎？艾因頭上不禁浮現問號。

「失禮了，各位客人。請各位再稍待一會兒。」

他的態度淺顯易懂地改變，讓艾因一行人感到訝異。

瑪瓊利卡的介紹信到底有多大的效果呢？不，應該說瑪瓊利卡本身究竟有多大的影響力？艾因在意得不得了。

接著稍微等了一陣子後，守衛和一位有些年邁的男性從研究所快步跑來。

「吁……吁吁……！非、非常抱歉！讓各位久等了！那個……你們幾位是？」

來者有著平庸的身材，有些沒修整好的鬍子，和一頭彷彿被燻黑的紅褐色波浪捲髮。

他身穿潔淨白衣的模樣看起來相當有學問，圓圓的眼鏡散發知性的氣質。

「抱歉突然打擾，我們有些事情想調查，才會前來拜訪。」

面對看起來像是主任教授的男子，艾因說出慰勞的話語。

「不敢當不敢當！我才感謝各位遠道而來！」

他接著稍微調整了呼吸。

「我的名字是奧茲，擔任這所伊思忒大魔學的主任教授——哎呀哎呀，沒想到竟然是『瑪瓊利卡名譽教授』的介紹。」

「名、名譽教授……？」

「是啊，瑪瓊利卡閣下是本研究所的名譽教授。」

那個打扮宛如變態的人是名譽教授？原本以為是什麼玩笑，不過奧茲臉上沒有一點說笑的態度。

在那之後，艾因看向克莉絲與迪爾，共享這份同樣驚愕的情感。

◇◇◇

艾因他們被領到奧茲的房間。屋內有一整面牆被書櫃填滿，中央放置著來賓用的沙發。房間深處，他的書桌上堆放著雜亂的資料，吸引了艾因的目光。

接著艾因的視線移向牆壁上的書架，注意到幾個裝有魔石的玻璃櫃。

「請各位坐下吧。」

在奧茲的催促下，艾因和凱蒂瑪坐到沙發上。

克莉絲與迪爾則作為護衛站在他們身後。

「重新自我介紹，我是奧茲。主要專攻名為魔石能量學的領域，致力於研究魔石蘊含的能量。」

在抵達這個房間之前，艾因曾聽凱蒂瑪提過。

現在坐在眼前的這位名叫奧茲的研究學者，是魔石相關領域的第一把交椅，在大國伊修塔利迦之中也是無可替代的人才。

「——我想，瑪瓊利卡先生的介紹信中應該也有提到。我是艾因。」

如此說道的艾因拉下身上斗篷的帽子。

「歡迎您到訪，艾因王儲殿下。請原諒我方才只提及『重要的客人』一詞。畢竟在場有除了我之外的人，瑪瓊利卡名譽教授的介紹信內容我並未提及。」

「我想那是正確的。謝謝你的體貼。」

那真是太好了。奧茲微微地笑了。

「那麼我們也自我介紹……我大概不需要，你們三個呢？」

雖然本來想讓凱蒂瑪先自我介紹，不過她卻給了克莉絲一個眼神示意。

於是克莉絲效法艾因拉下了帽子。

「那麼就從我先開始。我是克莉絲汀娜．沃倫史坦。於伊修塔利迦騎士團擔任元帥一職。今後還請不吝賜教。」

「我是迪爾．古雷沙。作為艾因殿下的護衛見習生隨侍左右。」

他也將頭上的帽子拉下來說道。

「我是凱蒂瑪．馮．伊修塔利迦。能見到有名的奧茲教授，我感到非常榮幸。」

——呃？

要比喻的話，凱蒂瑪宛如一國的公主一般，又像是深閨的千金那般優雅地開口。她迅速站起身，輕拉身上的衣服行屈膝禮打招呼。

「凱蒂瑪阿姨！妳怎麼在做跟公主一樣的事情啊！？」

「艾因殿下！艾因殿下！凱蒂瑪殿下實際上就是大公主喔！」

「不，可是克莉絲小姐，那位凱蒂瑪阿姨竟然——！」

似乎不滿自己的問候遭到妨礙，凱蒂瑪臉上似乎浮起青筋。但是艾因當然顧不上這些。

「喔喔！沒想到能見到被稱為都城頭腦的大公主殿下！」

「我這次是作為外甥艾因的助手，硬是拜託陛下取得許可才前來。能夠到訪伊思忒實在是難能可貴的機會，希望這一趟能夠學到許多知識，滿載而歸。」

「我們才歡迎您！哎呀，不好意思失禮了，王儲殿下。我作為一位以研究為業的學者，一不小心太過熱絡了。」

「不會不會，稍候還請慢慢和凱蒂瑪阿姨好好聊聊吧。」

凱蒂瑪一定也感到很幸福吧。

簡直像是懶得照顧她，艾因有些拋棄責任地回應奧茲。

「那麼……我們差不多也開始討論正題吧。殿下，您似乎需要我的協助？」

「是的，關於內容——」

他將大致上分為兩部分的問題告訴了奧茲。

關於艾因身體的事情，以及關於赤狐這個種族的事情。

在聽他闡述時的奧茲，臉上的表情不斷變化並展露訝異。尤其是艾因的體質，作為研究學者不可能不被吸引。

「真是令人饒富興味的事啊。尤其是艾因殿下的體質，實在驚人。」

他低下頭稍加煩惱，隨後抬起頭推了推眼鏡。

「……我能理解名譽教授為何會介紹我給您了。赤狐以及殿下的體質，在這些事情方面，我想我比任何人都還要適任。」

畢竟奧茲可是魔石研究的第一把交椅。

「哎呀，不過話說回來，真是充滿了令人在意的事情啊。不只是那個杜拉罕的魔石，沒想到您竟然連死靈巫妖的魔石也吸收了——請您稍等一下，我讓您看一件好東西。」

他緩緩站起身，靠近牆壁邊的玻璃櫃。

那是剛剛艾因看到的，裝著魔石的玻璃櫃。

「奧茲教授，您是要……？」

「請放心吧，克莉絲汀娜大人。這裡也有瑪瓊利卡名譽教授製作的封印，魔石的力量不會暴走。」

面對奧茲的回應，艾因露出苦笑。

過去在海龍騷動的時候，他曾用死靈巫妖的力量突破其封印，因此就算是瑪瓊利卡施加的封印，也不能掉以輕心。

克莉絲似乎也有相同的感想，便稍微擺出了架勢。

不久，奧茲拿著有豪華金屬雕刻的小箱子走來。

「這裡面裝有殿下尋求情報的物品。」

「我尋求的物品……？」

艾因感到不可思議時，奧茲打開了那個箱子。

裡頭是兩顆魔石，摻雜紫色火焰的花紋讓人感覺有些尖銳，且沒有散發搔癢艾因鼻子的香氣。

「這邊的魔石是非常珍貴的東西。」

克莉絲比任何人都還要早察覺那句話的含意。

她的雙手突然抓住艾因的手，緊緊地握著他。

「對不起，艾因殿下。請暫時維持這樣吧。」

護衛緊緊握住侍奉對象的手，這樣的舉動讓奧茲也不禁感到訝異，不過克莉絲用銳利的雙眼催促他繼續說下去。

「這是赤狐的魔石。」

原來如此。艾因了解克莉絲握住自己手的理由了。

克莉絲的緊張從格外滾燙的手傳了過來。在他的身體裡，死靈巫妖是不是正在壓抑著杜拉罕呢？希望他們夫妻不要吵架才好。艾因不禁苦笑。

「這還真是……相當稀有的物品呢。」

艾因說完後，奧茲便點點頭。

「奧茲教授，希望你能協助我了解自己身體的事，不過能請你也告訴我赤狐的研究成果嗎？當然，我會準備好豐厚的謝禮。」

「深感惶恐，不需要謝禮。」

「但是——！」

「實際上，我也從艾因殿下這裡聽到了很有意義的事蹟。因此將其當作謝禮即可。不過，關於赤狐的資料，希望您能給我幾天的緩衝時間來整理。」

「不，王儲可不能無償委託他人做事。沒錯吧，克莉絲小姐？」

「艾因殿下說得沒錯，我們想儘量避免被人誤會不正當行使權力。」

「哎呀，您說得是……嗯嗯……」

「酬勞不限於金錢。是否有什麼事情是我們能做的呢？」

奧茲雙臂環胸數十秒後，想到了一件事。

「那麼我有一項小煩惱，不知是否能借用您的力量呢？我想您應該知道，最近這陣子頻發幼童被擄走的事件。」

是克莉絲在瑪瓊利卡商店裡提過的事情。

「對象似乎均限定在貧民窟的孤兒身上，不過仍舊是一件令人痛心的事件。您看如何？不知是否能拜託艾因殿下說幾句話，增加搜尋犯人的騎士呢？」

這個男人是聖人還是什麼的嗎？

這位名為奧茲的男人真是捨己為人。艾因聽了他的話深受感動。

「我明白了，那麼我會轉告騎士，我們也會試著協助搜查。」

聞言，除了艾因以外的四個人面露驚訝。

「呃——那個那個……艾因殿下？就、就算有我在身邊，也不能允許您去做危險的事情——！」

「克莉絲小姐，妳這麼說的話海龍那時候也是這樣，而赤狐的搜查本身也有危險……」
「這可是兩碼子事！問題在於艾因殿下有沒有必要動身！」
這麼說起來確實也是。
確實是因為正義感，以及自己本身想要對奧茲報恩的心情而太過急躁，但這樣實在有些做過頭了。
艾因開始反省。
「嗯——不過什麼都不做也有點過意不去。」
接著艾因回想剛剛奧茲說過的話。
「那麼，只在奧茲教授整理赤狐資料的這幾天，我也來協助搜查好了。」
雖然是折衷案，不過克莉絲感到猶豫。
「畢竟艾因殿下就是這樣的人，與其胡亂壓抑殿下，不如讓他行動比較好吧……」
「嗚哇……這下我知道妳平時是怎麼看待我了。」
「那當然。學園第一年的時候也是，不管我再怎麼阻止，您都不願意停下來呀。」
無法做出任何反駁的艾因閉上了嘴。
「奧茲教授。艾因殿下從今天開始，這幾天之內也會親自提供協助，那之後就交由騎士展開調查，這樣可以嗎？」
「當然沒問題！不過，艾因殿下親自調查……」
「畢竟靜靜待在旅館裡也過意不去，請不要在意。」
對克莉絲來說，這與其說是抵達放棄的境界，不如說她已經看開，得出只要自己保護好艾因就好的結論。而且雖說要調查，只要避開人煙稀少的地方就好。她在內心嘀咕。

「艾因殿下，還請您千萬要注意安全。關於赤狐的事情，我會在幾天後聯絡您。」

奧茲語畢，面向桌子伸手拿起紙堆。

「這邊是關於殿下的症狀，可能可以拿來參考的資料。這份就獻給您，請您慢慢過目。其他還有幾份我有印象的資料，給您赤狐的資料時會再一併交給您。」

「唔！幫大忙了！」

艾因道過謝後，馬上看了看房裡裝設的時鐘。

……已經傍晚了。

「我們今天也差不多該告別了。今天很感謝你撥冗陪伴我們。」

「我才是，度過了相當有意義的時光。那麼，我送各位到外面吧。」

「不要緊，讓你照顧到那種程度，我們也不好意思。」

「那麼我請方才的守衛負責帶路，還請各位戴上斗篷的帽子吧。還有——」

奧茲再次面向桌子，打開上了鎖的抽屜，拿出一張皮革製的信封。

「這是應該要葬送在黑暗之中，伊思忒的古老研究資料。只是說不定這裡面有些關於殿下身體問題的線索。」

「還收了這樣的東西……非、非常謝謝你！」

看到艾因想低頭道謝，奧茲趕緊用手制止。

「還請不用在意。畢竟我有幸能見到殿下，甚至還聽到如此寶貴的事蹟。」

如此說道的奧茲搖了搖鈴，剛才的守衛便立刻現身。

「您叫我嗎？」

「貴賓要回去了，麻煩你送到外頭。」

「遵命——還有，這裡收到一封寄給教授的信。請收下。」

守衛遞給奧茲一封信，並轉向艾因的方向。

「我帶各位到外頭。」

艾因一行人跟在守衛身後，離開了奧茲的房間。

目送他們到最後的奧茲，等房間的門關上後打開信件。

「……果然，時候到了啊。」

他一邊嘆氣低喃，一邊伸出食指慵懶地推了推眼鏡。

◇◇◇

回旅館的歸途。

艾因一邊眺望伊思忒的街道一邊走著，注意到幾台馬車並列成排。

當他思考著這真是個大家庭時，馬車停在不遠處建築物前方的路上。

「哎呀，還請會長親自前來，真是不好意思。」

從建築物裡面走出來的男人看起來像是商人，他靠近馬車向裡面的人搭話，此時艾因認識的人從領頭的馬車上走下。

「沒關係，像這樣自己前來確認是老夫的信條。」

葛拉夫·奧加斯特。庫洛涅的祖父。

兩人談話時，一旁奧加斯特商會的人們進入建築物，兩手拿著木箱回到外頭，並將木箱裝進馬車。

「能與嶄露頭角的奧加斯特商會交易，我們感到很光榮。訂單上的魔石類貨物全部都裝在木箱裡，若還不夠隨時歡迎聯絡。」

「嗯，這是樁好交易。」

「您要將這些搬入睿智之塔嗎？」

「哈哈哈！雖然關於工作的事嚴禁洩漏，不過在這伊思忒擁有大量魔石，果然會被發現啊！」

「哈哈，不好意思，是我僭越了。希望您這段期間，能好好享受伊思忒城鎮。」

看到葛拉夫在進行交易，艾因決定不叨擾他。

畢竟自己現在是隱藏身分在行動，而且在葛拉夫工作中搭話，也實在太荒謬無禮了。

同樣也望著那一幕的克莉絲向艾因說道：

「不愧是奧加斯特商會，沒想到竟然已經將通路擴展到了伊思忒。」

「很厲害吧。明明只過了幾年而已。」

「就連沃廉大人都肯定葛拉夫閣下的經營手腕。就我的角度來看，能夠削弱海姆的國力，我也感到很開心。」

克莉絲咯咯地笑著，可愛地露出笑容。

在那之後，艾因一行人便靜靜地路過葛拉夫身邊，前往旅館。

打開旅館的門後，那片光景馬上映入眼簾。

艾因住宿的旅館是迪爾和羅伊德，也就是公爵家的人會使用的旅館，剛踏入門扉便看見豪華的傢具並排。

用來裝飾的畫像理所當然地動著，某張畫描繪了馬匹悠然奔跑的模樣，吸引了艾因的目光。

若要比喻的話，那就像艾因前世常見的電視機。色彩鮮豔的油畫自由自在地活動，這模樣若要用一句話來形容，正可謂是魔法本身。

就在他準備回房間時，凱蒂瑪說了聲「那麼」並抓住迪爾身穿的斗篷衣襬。

「──深感惶恐，凱蒂瑪殿下。請問您為何要抓著在下？」

「我要去街上喵。我要買東西喵。」

「原來如此，您要在下陪同。」

「你理解得這麼快幫大忙喵。來吧！打鐵趁熱喵！」

凱蒂瑪興奮地喘著粗氣，大步走了出去。

迪爾看了艾因一眼，艾因點頭回應他後，他便追上凱蒂瑪。

「欸，克莉絲小姐。」

「不要緊的，凱蒂瑪殿下不會像艾因殿下那樣胡來……應該。」

克莉絲知道自己不需要把話說完。

「那樣就好——好像有點吵鬧呢。」

艾因注意到的是在櫃檯大聲嚷嚷，身材良好的中年男子。

「為什麼！為什麼我平時住的房間沒有空！」

男子的聲音含糊而低沉。

抹油固定的絡腮鬍是他臉上的特徵，臉頰和脖子因激動而通紅，表現出他的憤怒。

服侍男人的幾名騎士和僕役雙手環胸，表現出傷腦筋的樣子。

「非、非常抱歉……今天已經有別的客人住宿了。」

「你這傢伙，開什麼玩笑！就是因為你們沒有為本大爺把房間空出來，才會演變成這樣！唉！真是麻煩。我會多付錢，只要把那位客人趕走就好！」

聽到貴族的誇張言論，艾因不禁苦笑，同時也推測出可能性。

「該不會那個人說的房間，就是我們住的房間吧？」

「是、是啊……我也是這麼想的。」

「怎麼辦呢？要讓給他也可以。」

「艾因殿下沒必要在意。不過，有點讓人看不下去呢。」

櫃檯的工作人員搖頭拒絕男子的要求。

於是男子忍無可忍地用力拍打櫃檯。

「夠了！我再也不會來這種旅館了！」

「請、請您留步，子爵！」

聽到那個聲音，克莉絲想了起來。

「我就覺得我曾看過他。他的名字叫薩吉，是子爵家的人。」

「喔……很有名嗎？」

「是有歷史的名門。上一代當家是優秀的人，給陛下的印象也很好。不過到他這一代之後，財政開始出狀況了。」

照他那個態度，當然會出狀況吧。艾因老實地點頭。

「你們幾個，走了！」

薩吉子爵踏出超越凱蒂瑪的步伐掉頭。

「你們會後悔的！後悔失去馴服雙足龍及海怪的我這位客人！」

聞言的艾因面露訝異。

「馴服海怪是——」

「我想是小型的海怪。畢竟種類不只一種，而且大型的海怪根本無法飼育。我想至多也是全長三十公尺程度的海怪。」

「啊——原來是這樣啊。話說有人在販售海怪這樣的魔物嗎？」

「有些商會會販售魔物，有些貴族也會主動委託冒險家，捕捉自己想要的魔物……話雖如此，若飼養的魔物傷害到人，我們也能處罰飼主。」

「原來是這樣啊，難怪能夠飼養魔物。」

「不過，他們家並沒有能夠購買那種魔物的資產——」

克莉絲似乎想起了些什麼。艾因確認騷動平息後開口：

「總之，我們回房間吧。」

「啊！說得也是，稍微休息一下吧。」

兩人坐上運用滑輪和魔具組合的升降機，前往旅館最上層的房間。

他們住宿的房間相當寬敞。

剛抵達時，他們將行李寄放在櫃檯後便前往奧茲的所在，因此沒有時間確認室內裝潢。一進房門就能看見極盡奢華的傢具融入了屬於伊思忒的風格。

艾因和克莉絲一同向前，雙眼發光地看著全新的發現。

「咦？那是什麼？是會有水出來的魔具對吧？」

一張小桌子被放置在休息廳的角落，桌上則浮著一顆巨大的水晶。

「畢竟旁邊擺著玻璃杯，水晶前面又畫了一個圓圈，應該只要把玻璃杯放到圈圈裡就行了吧？」

然而裝置卻沒有出口，也沒有看到儲水的水箱。

「為什麼呢？」

艾因一邊說著，一邊坐到沙發上。

大概是因為累了吧，感覺到沙發柔軟下陷，他放鬆地將身體靠了上去。

「呵呵，舟車勞頓辛苦您了。要我去倒點飲品給您嗎？」

「謝謝妳。那就馬上來杯水吧。」

於是他以眼神示意剛才提到的未知魔具。

「啊哈哈，我就知道您會這麼說。」

艾因觀望著克莉絲的動作，而她也感到有趣地露出笑容。

「這是……只要放好玻璃杯，再觸碰水晶就可以了嗎……？」

雖然沒看見任何說明，不過克莉絲依照自己的預測，將玻璃杯放到圓圈上。她靜靜伸出手，在觸碰到飄浮水晶的瞬間……

「——從、從空無一物的地方跑出了水！」

「真的呢……這還真是厲害。」

玻璃杯上方出現圓形的水珠聚集體後，一下子便猛然注入玻璃杯中。

饒富興味地望著這情景的克莉絲伸手拿起玻璃杯。

「呀啊！」

她不禁尖叫，聲音比平時尖銳，帶著有些柔弱的形象。

「什麼？該不會是太冰了？」

「嗚嗚……您怎麼知道……？讓我稍微嚇了一跳。」

「畢竟玻璃杯起了白色的水霧，我才想說大概很冰吧。」

艾因咯咯愉悅笑著。

「偶爾看到這樣的克莉絲小姐也不壞。」

「討厭！艾因殿下真是的……！」

「抱歉抱歉。」艾因對雙頰泛紅的克莉絲稍微賠罪，接著提議要吃晚餐。雖然他剛剛才收到令人在意的資料，不過首先要填飽肚子。

叫了客房服務，兩人一邊隨意聊著天，一邊享受餐點。

◇◇◇

凱蒂瑪在快換日前回到了旅館。

在那之後她便將自己關在臥房裡。一邊吃著客房服務送來的晚餐，一邊花了好幾個小時閱讀剛買來的書。

迪爾也已經就寢。時間來到快要上午四點的時候。

「真是讓人摸不著頭緒。」

凱蒂瑪一臉無語地開口。

「是指什麼？我醒著的理由？還是說——」

「我能理解你熬夜閱讀奧茲教授給的資料喵。但是我搞不懂為什麼會有廢柴睡在艾因腿上喵。」

「嗯唔……我還想睡……」

地點在房間附設的休息廳，坐在沙發上的艾因如此闡述：

「若妳是指克莉絲小姐的話，她差不多在一小時前就已經是這個樣子了。」

克莉絲躺在他腿上發出均勻的呼吸聲，金色秀髮垂落，那個模樣透露出某種美豔。

「雖然我拿出資料還不過兩小時，不過克莉絲小姐自己大概也很累了吧。」

「我還是第一次看到躺在王儲腿上睡著的近衛騎士喵。喵？仔細想想，何止是近衛騎士，她甚至還是元帥喵。」

凱蒂瑪嘆了口氣，坐到艾因面前。

「有個廢柴姊姊大概就是這種感覺喵！」

「什麼跟什麼？妳在說自己嗎？」

從奧莉薇亞的角度來看，凱蒂瑪是她的姊姊。他就是這個意思。

「……想打架喵？」

「……隨時奉陪喵。」

「喔？竟然對我用那種語尾說話喵？真是的，真想看看你爸媽長什麼樣子喵。」

「到昨天為止不是每天見面嗎？」

彼此都因為熬夜分泌過多的腦內啡，導致無法遏制自己的行動。

「給我做好覺悟喵嗚嗚嗚嗚！」

凱蒂瑪利用沙發的彈簧跳了起來。

然而——

「好啦，真是遺憾。」

艾因使出了幻想之手。杜拉罕大概也沒料到自己的力量竟然會被用在這種事情上吧。雖然這是理所當然，不過艾因也沒想過要用來做這種事。

正因為是半夜才能這麼亂來。在半空中被抓住的凱蒂瑪不禁破口大罵：

「太、太卑鄙喵！」

「坐下來吧，這局可是我贏了喔。」

他就這樣用幻想之手讓凱蒂瑪坐到對面的座位上。

「應該說，這麼晚了你還要讓我做什麼喵！」

虛脫的凱蒂瑪像貓一樣癱軟在沙發上。

「所以，收到的資料上寫了些什麼喵？」

「唔嗯……讓妳稍微看一下可能比較快。」

「那就拿來喵──呃……」

看到艾因遞交的資料標題，凱蒂瑪的尾巴瞬間豎起，僵硬不動。

「以前還真是進行了相當激烈的研究啊。」

「……嗯，我稍微也有聽聞過喵。」

「親眼看到資料真是讓人訝異。也讓我很能理解，奧茲教授為何說這是應該要葬送在黑暗之中的研究了。」

「現在已經沒在進行實驗了──我想這麼相信喵。」

她再次仔細看了看捧在手上的那疊紙，在心中默念著標題。

上面記述著「異人族之魔物化實驗。以臨界點及人工魔王為目標之研究」，意味的正是所謂的人體實驗。

「嗯嗯……異人族應該要視為一種魔物對待，這是因為他們擁有可以成為魔王的可能性。原來如此喵。意思就是利用了核心這個存在喵。」

「實驗內容很單純，將魔石的能量融入異人族的核心，目的是為了使其增長。這麼一來，核心就會人為地強制成長。上面寫的。」

「這可不只是單單痛苦而已喵。考慮到對身體的負擔，應該有相當多實驗對象死亡喵。」

「上面寫著百分之九十九點九的實驗對象都死亡了喔。」

「我想也是喵。不過，百分之九十九點九？難道是有出現任何一個成功案例喵？」

凱蒂瑪停止閱讀，抬頭看向艾因。

「資料上寫著有變化成還算強大的魔物，不過最後似乎處死了。」

「……原來如此喵。大概是因為暴走，超出處理能力喵。」

「順帶一提，我讀完資料後發現了一件事，妳要聽嗎？」

「嗯，你繼續說喵。」

聞言的艾因馬上站了起來。他走向放在休息廳角落的魔具，準備將兩人份的水倒進玻璃杯。

他觸碰切割成宛如鑽石的石頭，半空中浮現出水，填滿了水杯。

接著逕自走回沙發，喝了口水後開口：

「我做的事情和那份研究大概一樣。我也吸收了魔石的能量，只是過程有沒有痛楚的差別罷了。」

所以狀態分析卡上才會出現「持名」這兩個字，而到了現在文字甚至出現亂碼。這讓他不禁斷言，他並非作為人類有成長，而是作為魔物有所成長，因此才會得到這樣的結果。

「確實如此喵。」凱蒂瑪點頭回應，圍繞休息廳的氣氛又變得更加沉重。

不過……

「話說回來，魔物化的缺點是什喵？」

凱蒂瑪突如其來的問題改變了氛圍。

「當然是沒辦法對話之類的吧。」

「那就是你搞錯喵。」

接著凱蒂瑪一如往常地找回原本的步調，露出笑容。

「資料最一開始的地方也有寫喵。現在雖然會稱為異人族，不過若要追溯歷史，也曾有過異人族被定義為魔物的時代喵。可不能忘記這一點喵。」

「唔，嗯嗯……經妳這麼一說確實如此。」

「應該說，如果艾因進化，也不會變成無法用語言溝通的嘍囉喵。你回想看看杜拉罕之類的人喵。雖然是魔物，但那些傢伙若穿著一般的衣服，根本無法辨別是不是魔物喵。死靈巫妖也是如此喵。」

「的、的確是這樣。」

「要是萬一艾因進化了，只要登記成全新的異人族就好喵。」

雖然方法有點蠻橫，不過這麼一想，就連艾因本人都開始有點感到不明所以，不知道自己為什麼會覺得這是個嚴重的問題。

「不過話雖如此，也不是說全部都不是問題喵。之前沃廉也說過，這是史無前例的症狀，也不知道會發生什麼事喵。千萬不可大意喵。」

「嗯，我知道，不過心情上比較輕鬆了。」

「想太多也不好喵。你多少放點心也好喵。」

「妳這麼說真是幫大忙了……放下心來就有點想上廁所，我去一下廁所。」

艾因溫柔地將克莉絲的頭抬起，拿靠墊代替枕頭墊著並離開休息廳。

「好喵。」

坐在沙發上的凱蒂瑪端正姿勢後，看向克莉絲。

「克莉絲，剛剛說的話不可外傳喵。縱使對象是父王他們也一樣喵。」

「……您早就發現我醒了啊。」

其實克莉絲早就醒了。

「是在艾因放出幻想之手時醒的喵。我對那種事很敏銳喵。」

「那個，我錯失了起來的時機……而且要是被陛下問到，我也實在沒辦法保持緘默……」

「那就好說喵。」

凱蒂瑪拿著杯子站了起來，靠近裝水的魔具。

靜靜望著她走路的背影，克莉絲突然發現凱蒂瑪的氣質產生改變。接著回過頭的她，臉上露出長年待在王城的克莉絲從未見過的表情，神聖而莊嚴。

不顧克莉絲迷惘的樣子，凱蒂瑪宣言：

「克莉絲汀娜．沃倫史坦，作為大公主凱蒂瑪．馮．伊修塔利迦，我對妳下王族令。滯留在伊思忒時獲得的情報當中，禁止妳外傳艾因魔物化相關的資訊。禁止對象包含其他王族，不得對一切存在講述這些情報。」

使用王族令的凱蒂瑪，散發出和平時不同，類似霸氣的氣場。可不能忘記她也同樣身為伊修塔利迦的王族。

沒有反駁的餘地，克莉絲不禁點了點頭。

「還好妳老實地點頭接受喵。這麼死板的態度很累人喵。真是的。」

「沒想到您竟然會用王族令……」

「這是為了我那臭屁的外甥喵。就算是艾因，也會有個一兩件想隱瞞的事喵。」

哈哈哈！發出愉悅笑聲的凱蒂瑪已是平時的凱蒂瑪。

另一方面，克莉絲一臉訝異地苦笑著，她察覺到艾因回來的腳步聲，迅速用手將亂糟糟的頭髮梳理整齊。

「最慘的情況，或許會重演歷史就是喵。」

凱蒂瑪的嘀咕沒有傳到克莉絲耳裡，艾因轉眼間就回到了休息廳。

「我回來了……嗯？克莉絲小姐，妳醒了啊？」

「您、您您您……您早……！那個，我做了很多對不起您的事……」

「不不不，妳也道歉得太用力了！」

「艾因，克莉絲對於在你腿上睡著這件事害臊得不得了喵。」

「雖然是這樣沒錯！不過您也不用特地說出來吧！」

最後三人一如往常用平時的態度熱鬧地聊天。

仔細一想，他本來打算明天要調查擄人事件，不過就延到傍晚開始吧，否則睡眠時間可不夠。

不久後，迪爾察覺到休息廳的熱絡氣氛。

「各位快去休息吧。」迪爾如此建議，於是三人各自前往自己的臥室。

進入臥室後，艾因馬上掏了掏身上衣服的口袋。他拿出放在口袋裡的傳信鳥一看，發現珠子散發著蒼白色光芒。

「她這麼快就回覆我了啊。」

艾因的嘴角不禁上揚。

他將傳信鳥拿在手上，和傳送訊息時一樣，施加魔力在其中。

『看來你平安抵達了，那我就放心了。當我告訴陛下他們這個消息時，他們似乎也和我一樣感到安心。我想，我的回覆應該晚上才會送到吧？如果你在睡覺的話那就抱歉了。啊，還有，你可別在我沒辦法照顧你的地方感冒喔？……所以，今天就晚安了。下次你還有時間的時候，要再聯絡我喔。』

庫洛涅的聲音消失後，艾因放空了一段時間。

該怎麼形容這份感受才好呢？這段替自己擔心的話語令人感到憐愛，很有庫洛涅的作風，也溫暖了他的心。

雖然他很想馬上回覆，不過卻拚命地忍了下來。因為傳信鳥有限定使用次數。

之後艾因上了床，一邊回想庫洛涅的話一邊陷入沉眠。

◇◇◇

接近中午時分，艾因醒來後帶著克莉絲來到鎮上。

迪爾不在身邊。他作為護衛陪同凱蒂瑪和他們分頭行動。

「真是熱鬧呢。」

艾因邊說邊走在大道上，街道因為許多觀光客而十分熱鬧。琳瑯滿目的店家不輸都城，澈底吸引了艾因的好奇心，想知道他們究竟都在賣些什麼。

「不過，看不見店裡真是可惜。」

艾因這麼說著，站在某家店前並敲了敲白色的牆壁。

接著……

「——咦！」

商店的牆壁變得有如玻璃般透明。

「呵呵，那也是魔具喔。」

「竟然連這種地方都頗具伊思忒的特色……」

他將手自牆壁移開，沒過幾秒後牆壁又變回了白色。

艾因再次觸碰，牆壁便又變得透明，能夠再次看見店內的模樣。艾因目瞪口呆地重複了幾次這樣的動作。

「艾因殿下，您玩過頭了啦。」

「不，我沒想到竟然有這麼厲害的魔具，所以很感動。」

「不過這樣的魔具能用上的地方並不是那麼多。」

「可以的話，真想把凱蒂瑪阿姨房間的牆壁換成這個嚇嚇她。」

「……可不能這麼做喔。」

接著克莉絲露出微笑開口：「您還是老樣子呢。」

「話說回來，凱蒂瑪殿下不知道在做什麼。」

「迪爾可是成了犧牲品喔？妳懂了嗎？」

說分頭行動也只是好聽話，但到頭來迪爾只是去幫凱蒂瑪拿行李罷了。

他現在恐怕正一邊擔任護衛，一邊照顧著凱蒂瑪。

「那個……就護衛的立場來看，對於凱蒂瑪殿下分頭行動這件事，也讓我感到擔心就是了。」

「雖然我不是不懂克莉絲小姐的意思啦。」

不過對象是凱蒂瑪，這也莫可奈何。

「我們去那裡看看吧。那裡也有很多店，說不定會有什麼綁架犯的情報。」

艾因的視線落在離大道有些距離的小巷。雖然人潮較少，不過走在艾因身邊的克莉絲看了看情況便點頭。

邊觀賞伊思忒的街道，艾因邊展開了綁架犯的調查。

——單靠兩人展開調查，會感到困難是理所當然的。

沒有找到像樣的行蹤，也沒有蒐集到值得留意的情報，天空漸漸被濃郁的琉璃色給覆蓋。

他們停在細長的後巷中，艾因認錯地對克莉絲說道：

「我可以辯解嗎？」

「是，請說。」

「在伊思忒，一走到巷子裡就很難辨識道路了呢。這裡看不到睿智之塔，摸不清方向感。」

「道路確實很有特色，不過縱使如此，又為何要走進小巷……不，沒有阻止您是我不對吧……我最近覺得自己老是被艾因殿下牽著鼻子走，真是不稱職的護衛……」

「沒、沒有這回事……對不起嘛……」

包圍兩人四周的路，與其說是道路，不如說是建築物之間的縫隙。

雖然克莉絲只要跳到屋頂上就能知道方位，不過他們無論如何都想避開引人注目的行動。

「好像沒辦法否認，我從中途就開始有種在探險的感覺。」

「真是的……我明白了。等回到旅館，我可會跟迪爾比對看看，看我們兩個到底是誰被耍得比較慘。」

畢竟自己嘴上一邊說不要緊，一邊踏入至今這種窘境，所以艾因也沒辦法強硬地要求克莉絲不要這麼做。

「大道上明明有騎士，這裡卻沒有。」

「我想這裡應該不在巡邏路線中。畢竟一般也不會有人走到這樣的地方來。」

「……」

聽到無可反駁的正論，艾因撇開了頭。

「啊，不過有人跑過來了，我們問問對方哪條路能回去吧。」

他不經意地發現眼前有個人影接近。

不過，看到對方猛烈奔跑的模樣，隨著對方越來越靠近，艾因和克莉絲便感到緊張。

「克莉絲小姐。」

「是，似乎有人在追她。」

如此說道的克莉絲拔出護手禮劍。

靠近他們的是一名少女。

她的臉上有黑色的髒汙，衣服破爛不堪到讓人疑惑那究竟能不能稱作衣服。她甚至沒有穿鞋，和一般市民的打扮相差甚遠。

雖然身材相當纖瘦，不過年齡大約有十五歲左右。

「哈啊——呼啊！」

靜靜聆聽，便傳來艾因也聽得見的慌亂呼吸聲。

仔細一看，他發現有幾名男人追著少女。

「大概是被僱用的冒險家之類的吧。」

「是啊。然後，他們追著那個女生。」

「無論理由為何都無法視而不見。艾因殿下，請待在我身後。」

「嗯，了解。」

兩者的距離一秒一秒地漸漸靠近。

「——請救救我吧！拜託你們……拜託你們！」

少女終於察覺到艾因和克莉絲，放聲大喊。

男人們似乎也察覺到了。

「喂！要怎麼辦？」

「誰知道啊，一起帶走就行了吧！」

聞言的艾因不禁目瞪口呆。

「這說不定……我是覺得有可能啦！妳覺得呢？」

「這可是偶然喔？這不過是湊巧，可不是有意圖才誤入這種地方的！」

「我知道啦。我會當這是運氣好。」

他們和綁架犯有關係。艾因如此心想。

克莉絲似乎也認同他的想法，於是她心中產生強烈的念頭，想要活捉男人們。

「既然這麼決定，那就沒必要在這裡久待了。」

一陣風吹起的瞬間，克莉絲的身影從大家的視線中消失。

「真的俐落到看不見呢……」

回過神來，少女身後的男人們全都倒臥在地。有的人稍微流了點血，有的人手上的劍被砍成兩半。

克莉絲突然出現在驚慌失措的少女面前。

「妳沒事吧？我們是——」

雖然她本想告訴她身分，並保護她的人身安全。

「啊……」

少女不知是因為感到放心，又或是對克莉絲的行為感到困惑。她失去意識，差點倒在地上，眼前的克莉絲連忙抱住少女的肩膀，一邊發出「咦、咦？」的困惑聲看向艾因。

「唯一有件事情確定了。」

「什、什麼事？」

「那就是我們不能問那孩子路怎麼走了。」

硬要追究的話，都是艾因的冒險精神惹的禍。

不過，他們遇到或許能成為某種線索的事件也是事實。克莉絲輕輕地嘆了口氣，揹起了少女。昏倒的男人們再讓騎士搬運吧。

兩人交換視線，離開了這條細長的巷子。

◇◇◇

雖然花了一點時間，不過來到大街後，克莉絲便對騎士下指令。看到她拿出的狀態分析卡，騎士們連忙遵從命令，前去抓捕男人們。

他們讓少女睡在多出來的臥室。過了幾個小時，她在換日前醒了過來。

「這裡是……」

她自床上撐起上半身。

「啊，妳醒喵？」

「──妳是？」

「等等再說明喵。你們幾個！她醒喵！」

聽到凱蒂瑪那近似喊叫的聲音，艾因和克莉絲兩人從休息廳走了過來。克莉絲手上端著裝有食物的托盤。

雙方擦身而過，凱蒂瑪帶著睏意揉了揉眼睛便離開了。

「妳肚子餓了吧？先吃點東西，好好冷靜下來。」

托盤上的食物冒著熱氣，飄散令人食指大動的香氣。少女沾染髒汙的臉上流下一行淚，她用骯髒的衣服擦拭淚水。

「我可以吃這樣的食物嗎？」

「不要緊，這就是為了妳準備的。」

「嗚……我、開動了。」

「慢慢吃就好，不會有人催妳的。」

從克莉絲手上接下托盤，少女以過於瘦弱的手指拿起叉子。

她看起來很不習慣地動著手，緩緩地咀嚼眼前的料理。

大概是很久沒有吃到熱騰騰的食物，少女一邊流著淚一邊大快朵頤。

（是貧民窟的孤兒吧。）

少女的服裝和看起來不像有在清潔身體的模樣，看上去簡直就是孤兒。而帶她回來之後，凱蒂瑪看到少女的打扮也如此斷定。

那之後過了幾分鐘，少女用完了餐點。

她看起來氣色好了一些，接著少女忽然驚覺似的低下頭。

「謝謝您賜與我這樣的存在如此豐盛的食物，實在感激不盡。」

「不用在意。不過，我可以問一個問題嗎？」

「……是關於追著我的人的事情嗎？」

「沒錯，我想知道妳為什麼會被追著跑？」

「……我也不知道。我的家——雖說是家，但也只是一間簡陋的小屋，當我回到那裡的時候，不見等待我回家的妹妹身影，倒是看到了那些男人們。」

坐著的艾因和克莉絲交換一個眼神，克莉絲便用溫和的聲音詢問少女：

「恕我失禮，那位妹妹現在在哪裡呢？」

「我、我不知道……！她可能被帶到某處去了……我也差點被帶走……！」

「——謝謝妳，我理解來龍去脈了。」

少女是為了不被抓住而拚命逃跑。

艾因感到煩躁，緊緊握住的右手指甲掐進了肉裡。

「拜託各位！雖然我是粗野的女孩，接受了恩惠還想向您要求更多，但是拜託您——！」

「我們也在追查那些男人。不要緊，我們會救你的妹妹。」

臉上充滿淚痕和鼻水的少女，聽到艾因的話語便感到放心。

他們還不知道彼此的真實身分，也沒有告訴對方名字。但是他們現在沒有時間悠哉地聊天。

「請妳再稍微休息一下吧。我們明天再問妳一些事情。」

克莉絲說完，遞給她一杯溫暖的紅茶後，少女戰戰兢兢地接下。

她喝了一口後，立即又喝了第二口，吞了下去。

「……謝謝您。」

聞言的艾因站起身。

「我們會把飲料和一點食物放在這裡，要洗澡也歡迎自由使用，妳就在這間房裡休息吧。我們明天早上會再過來，希望妳能好好休息。」

艾因對著少女微笑後，便和克莉絲一同離開房間。

（這麼說起來……）

艾因有了某個疑問。

那就是少女明明是貧民窟的孤兒，卻顯得聰明伶俐。不過，他認為這不是什麼大問題，便直接走向休息廳。

回到休息廳後不久。

叩叩叩——傳來敲門聲，聽到艾因應門後，對方打開了門。

「在下回來了。」

迪爾一臉疲憊地歸來。

「歡迎回來。盤問結果如何？」

「有一些能向您報告的情報，請過目。」

迪爾從懷裡掏出一封信，並將信件交給艾因。艾因立刻打開信封，拿出了裡面的信紙。

「我想當然不會那麼輕易得知。」

雖然他有些期待能知道主謀的名字，不過不可能那麼順利。

然而相對的，有讓他在意的情報。

獲得的情報顯示，男人們會在離貧民窟有段距離的地方，將擄走的孩子們交出去。尤其是女生價格很不錯，最近有許多少女被當成了獵物。而最重要的……

「他們偶然看到接頭者搭乘的馬車，前往了睿智之塔——啊。」

一般來說，在接收擄來的少女時，應該會經過好幾個中間人。不過目擊者偶然看到的，似乎是坐滿了少女的馬車。

「唉……從各方面來看開始漸漸愈來愈可疑了呢。」

他沒有想過到了這一步，竟然會牽扯到睿智之塔。

在伊思忒中心主張自己存在的那棟建築與綁架犯，這兩者之間究竟有何牽連？這座鎮上又正在發生什麼事？

面對最近發生的諸多事件，艾因不禁抱頭苦惱。

◇◇◇

隔天早上，艾因帶著克莉絲來到某間有露天座位的咖啡廳。

他一醒來後便立刻前往騎士值勤所，詢問新的盤問是否有成果後，又離開了那裡。

「他們並非不願意透露，感覺像是什麼都不知道呢。」

克莉絲在吃完點來的三明治後這麼說。另一方面，艾因也用完餐點，一口氣喝光了冰涼的水果水。

這一帶也算是觀光地，因此相當熱鬧。

和文靜的兩人形成對比，這裡處處充滿笑聲，相當有朝氣。

「艾因殿下、艾因殿下。」

「嗯？什麼事？」

「雖然您看起來似乎心事重重，不過我認為接下來應該要交給其他人負責比較好……」

「……我想也是。」

王儲沒必要專程再繼續有所牽扯。

畢竟已經牽扯上睿智之塔這影響力極強的設施，之後的事情交給沃廉是最好的。艾因自己也很清楚這點。

「我沒有忘記自己的立場和本來的目的，也就是赤狐的事情。我只是心裡有一點不舒坦罷了。」

「因為艾因殿下是個見義勇為的人。常伴您身旁的我很清楚這一點。」

「聽到妳這麼說很讓人害羞……不過算了。」

光是救下一名少女就已經很不錯了。

接下來的事情並非一定要由艾因親自出馬。

和海龍騷動不同，只要出動大量騎士進行調查，應該就能解決。

「沒錯！機會難得，我們去做點事情來轉換心情吧！」

「呃……轉換心情？」

「是的！仔細一想，我們來伊思忒還沒有進行類似觀光的活動，對吧？」

「奧茲教授也還沒聯絡我們，觀光一下或許不錯。」

「只有等待答覆的期間而已，就算艾因殿下放個假，也不會有人說三道四。比如說，我想想……您覺得魔物競技場之類的地方如何？」

艾因的眉毛抖了一下，隨後挑起。

「那是什麼聽起來十分美妙的地方？伊思忒還有這種地方？」

「呵呵，是的！那是可以稱為伊思忒觀光勝地的地方！」

克莉絲站了起來，對艾因伸出手。

「在哪裡呀？」

艾因興奮地牽住她，被她牽引著站起身。

大概是因為和以前不同，兩人身高的差距縮小了，雙眼之間的距離意外接近。這讓克莉絲一瞬間露出難為情的表情，撇開了視線。

「咳、咳嗯！就在這條路的盡頭，事不宜遲，要不要馬上過去看看？」

「當然！」

兩人邁出步伐，尤其是艾因的腳步相當輕盈。

放下最近幾天的鬱悶心情，他朝著似乎能久違讓他打從心底享受，名為魔物競技場的地方前進。

走了十幾分鐘後，看到充滿活力的獨特風景，艾因雙眼發光。

「唔——！」

穿過走道，首先踏足的地點是廣場。

那裡鋪張著石子地板，充滿了沒見過的魔物身影。所有魔物均被巨大的鎖鏈束縛，並有守衛理所當然地陪在一旁。

「唔哇，好厲害……！」

「有很多魔物呢。野牛、史萊姆……啊！請您看那邊！是雙足龍喔！」

「哪、哪裡哪裡？」

說是冒牌龍或許有些不好聽，不過那有著雙翼的巨大爬蟲類，就算說是龍也不為過。

縱使曾經親眼見過名為海龍的巨型龍，仍不減他的興奮。

「在那邊！那邊！」

克莉絲在艾因的臉旁伸手指著。

艾因在指尖彼端看見克莉絲找到的雙足龍。

「真的耶……那就是雙足龍。」

「牠有著綠色的身體，就如同牠的顏色，那隻的名字就叫鮮綠雙足龍。飼育一隻的伙食費一個月就要花上百萬G呢。」

「啊啊！就是之前在瑪瓊利卡先生店裡買過的，味道不好吃的魔石！」

「您、您記憶的方式可真是過分……」

不過，那一點是讓他最有印象的特色。

艾因和克莉絲注視著鮮綠雙足龍，全身被宛如蛇一般輕薄的鱗片包覆，神似蝙蝠的翅膀浮現血管。骨節分明的四肢前端有三根銳利的爪子主張著自己的存在。

「比我想的還要小。和一般的馬車差不多大？」

「是啊。雖然有個體差異，也存在體型比較巨大的雙足龍，不過顏色也不一樣。」

比如說呢……她一邊說著，手指一邊靠在唇邊。

那圓潤而形狀優美的唇因為被手指壓著而變了形。這個動作更增添克莉絲的美貌，散發出某種誘人的氣息。

「啊！找到了！」

克莉絲再次舉起手，指示的方位有著比剛才的鮮綠雙足龍還要巨大的魔物。

「身體還真是莫名地巨大……應該說，這和剛剛的那隻也差太多了吧？」

這隻毫不掩飾巨體的雙足龍，其體色是紅色。

隆起的肌肉覆蓋四肢，鱗片和鮮綠雙足龍相比相當厚重而堅固。

張開雙翼的模樣引人注目，看起來相當於隨處可見的兩層樓民宅那麼高。

牠展現出銳利的目光，周遭的魔物不禁發出害怕的叫聲。唯我獨尊地對周遭魔物展現強硬的態度，看起來簡直像是亢奮的暴徒。

「我們靠近一點看吧？只要不伸手，應該不會有問題。」

克莉絲領著艾因向前走去。

他們靠近了擁有紅色巨體，眾所矚目的雙足龍。

「咕嚕——？」

他們大概距離牠十公尺遠。

艾因「哇喔！」一聲，視線對上了雙足龍。接著，雙足龍便僵直了身體，發出唰的一聲向後退並遠離艾因。

「牠是不是在躲我？」

「是……看起來確實像在躲。」

他沒有做什麼。明明只是靠近牠。

「啊，該不會是……」

克莉絲靈光一閃，敲了敲手。

「畢竟您都是『持名』了，牠會不會是在畏懼寄宿於艾因殿下體內的海龍之力？」

「原來如此，經妳這麼一說，我開始有那種感覺了。」

「啊哈哈……這樣雙足龍有點可憐，我們保持距離觀賞吧。」

艾因老實地退後幾步。

接著，他聽見了周遭觀眾的讚嘆聲。

「哎呀，這可真是出眾的雙足龍啊！」

「不愧是薩吉子爵！他究竟是怎麼培育的，真讓人好奇得不得了。」

「嗯，我還是第一次看到那充滿肌肉的身體。」

這隻雙足龍似乎出色到能獲得周遭觀眾的讚嘆。

不過比起這一點，艾因聽到出現在對話中的名字，只得臉頰抽搐。

「克莉絲小姐，妳有聽到嗎？」

「是……聽到了一件令人遺憾的消息呢。」

因為聽見前幾天在旅館鬧事的薩吉子爵之名，兩人的心情一下子消沉了下來。雖然能理解這是隻相當出色的雙足龍，不過聽到主人是薩吉子爵，便令人感到鬱悶。

接著，時機非常不巧，薩吉子爵現身並走到了雙足龍身邊。

「看來各位非常羨慕本大爺的這隻雙足龍呀！」

「畢竟這是子爵擁有的雙足龍中，最頂級的一頭！」

他和艾因前幾天看到時一樣，帶著幾位騎士登場。

「今天的大賽也會是我獲得優勝吧。荷包又要豐潤起來──唔？難得在緊張嗎？真是的，別露出這麼沒出息的樣子！」

薩吉子爵拿出鞭子，朝雙足龍的腳揮鞭。

「嘎嘎嘎嘎！」

「給我鼓起幹勁！你以為我花了多少錢在你身上啊！」

接著又揮了幾鞭，然而雙足龍眼中的霸氣卻始終沒有恢復。

雙足龍不會抵抗觀眾的模樣，可知其調教技術相當高明。另一方面，艾因覺得這是自己害的，心中不禁充滿罪惡感。

「呼啊……呼啊……怎麼？該不會是有人對牠下藥吧？」

「子爵，我認為那十分有可能。」

「這畏懼的模樣非同尋常。周遭有沒有什麼可疑人士——」

站在周遭的人，除了魔物的練魔師及其飼主之外，充滿了來到競技場的觀眾。

不用多想，身穿斗篷的艾因與克莉絲自然而然變得醒目。

「我開始有不好的預感了。」

「真巧，其實我也是。」

「現在才飛也似的離開，感覺反而會很麻煩。」

「……是啊。」

預感命中，薩吉子爵靠近艾因。

「你們幾個，從剛剛開始似乎就一直盯著我的雙足龍？」

「是啊，不過我們只是看看而已。」

「誰知道呢。看你們還遮著臉，是不是做了什麼虧心事？喂，來人把這傢伙的帽子拿下來！」

「那麼，就由我來吧。」

薩吉子爵帶來的其中一名騎士站到了艾因面前。他伸出手，緩緩靠近艾因的斗篷，想拉下帽子。

「那可不行。」

克莉絲阻止了騎士，保護艾因。

不過，因為她突然挺身而出，她的斗篷一瞬間翻開了。

暴露在眾人眼下的是反射著日光，散發莊嚴光輝的金髮，以及超凡脫俗的美貌。

「唔！」

她慌張地重新戴好斗篷，然而僅僅曝光一瞬間的美貌，已經足以撩起子爵卑劣的慾望。

「那我就帶你們回我的住處好好問話吧！」

薩吉子爵伸出了手。

就在那因為極盡奢華而肥胖的粗臂將要抓住克莉絲的手時。

「住手。」

就像克莉絲方才保護了艾因，這次輪到艾因庇護了克莉絲。

「你的口氣可真不小。你這傢伙，以為我是什麼人——」

「她是我重要的人，不允許你出手。」

薩吉子爵自以為是的話被打斷後，不禁屏息。

不過是來路不明的冒險家。他對兩人本來只有這點程度的認知，現在卻感受到宛如怪物站在面前的壓力。

與其呈現反比的是，他的體格看起來像是少年，卻讓薩吉子爵產生被扔進魔物巢穴的錯覺，不禁心生恐懼。

「我再說一次，我們只是旁觀而已。」

所以你就安靜地收手吧。接收到背地裡如此暗示，薩吉子爵無意識地點了頭。

「……真是個粗暴又不懂禮節的小鬼。不過我今天就看在你的匹夫之勇下饒了你吧。」

「子爵！那麼今天的大賽您打算怎麼辦？」

「誰知道！既然雙足龍不能用了，那也莫可奈何吧！去轉告競技場的管理人，要他們把我的雙足龍放回牢籠裡！」

薩吉子爵轉身，大步離開了艾因身邊。

騎士也追著他慌慌張張地離去。

觀眾看到剛剛的騷動皆目瞪口呆，此時艾因嘆了口氣，強硬地拉起克莉絲的手踏出步伐。

「艾因殿下？」

「今天就回去吧。畢竟遇到了怪人。」

「我、我明白了，不過……手！艾因殿下！您還握著我的手呀！」

「別管了，我們快點離開這裡吧。」

「不不不不不、不能不管啦！」

艾因快步走在自己前方，克莉絲對他強硬地拉著自己的手感到喜悅，不禁忘了該認真抵抗。

走在前方的艾因，對於薩吉子爵剛剛的行為，臉上有著難掩的煩躁。

「明明身為應該要引領百姓的貴族，為什麼行為舉止卻彷彿暴發戶一般……」

他突然對「暴發戶」一詞感到怪異。

「薩吉子爵是暴發戶？不，這樣豈不是有點奇怪……」

「那個——艾因殿下……？」

「……啊啊，抱歉，我只是有點在意。」

走路速度漸漸平緩下來的同時，兩人緩緩鬆開重疊的手。

克莉絲有些留戀地望著艾因的手，艾因則沒有察覺，只是將疑問說出口：

「我想問一件事情。克莉絲小姐前陣子有提到，薩吉子爵家的財政狀況開始愈變愈差吧？也就是說，我想他現在的財政狀況應該不樂觀，在這種狀況下，還能飼養雙足龍和海怪之類的魔物嗎？」

聽到突如其來的問題，呆愣的克莉絲在下個瞬間搖了搖頭，恢復自己原本的狀態。

「其實我前幾天也覺得很奇怪。」

「嗯，也就是說……果然很奇怪吧。」

這一點怎麼了嗎？沒有回應一臉疑惑的克莉絲，艾因望著空中沉思。他專心到甚至聽不見四周的嘈雜，幾個單字浮現在他腦海。

「順帶一問，在魔物競技場的大賽獲得優勝有錢可以拿嗎？」

「您是說獎金吧？我記得大概有幾百萬G左右。」

但是光靠那些獎金，有辦法飼育好幾頭，而且還是那麼巨大的魔物嗎？

（雖說體型比較小，不過他還有飼養海怪。）

財政出狀況的貴族負擔得起這種金額嗎？就算再怎麼腐敗，他畢竟也還是貴族，說不定有辦法從某處擠出資金，說不定是自己想多了。艾因皺起眉頭。

「感覺很令人在意呢……」

艾因喃喃自語後不久，石子地面出現了雨滴的影子。

「開始下起雨了呢。我身上有帶折疊傘。」

「啊，謝謝妳。」

克莉絲拿出傘，兩人一同進到傘下。

聽著落在傘上的雨滴聲，艾因抬頭仰望烏雲密布的灰色天空。

「那是什麼？極光？」

他忽然發現，伊思忒的上空出現點綴灰色天空的極光。看到這第一次見到的光景，艾因不禁向極光伸手。

「那是設置在睿智之塔的巨大魔具。」

如此說道的克莉絲的視線轉向聳立於中央的睿智之塔。

「雖然不是很清楚構造，不過烏雲密布的時候，就會產生人工極光——我之前有聽說過。」

「哦……感覺真是厲害。」

帶有夢幻感的綠色極光搖曳，以睿智之塔為中心遍布整個城鎮。顏色時而蒼藍，時而變成紫色，並彷彿要啟程去旅行般流到城鎮之外。

艾因停下腳步，呆呆地望著睿智之塔的上方。

「睿智之塔啊。」

塔內有被擄走的人們嗎？這讓他在意到甚至想用王族令強行進去調查。

「……嗯！」

就在他想著這件事時，腦中閃過一個想法，彷彿腦海的拼圖碎片補全了一般。

「綁架正好可以用來大賺一筆……」

「那個……艾因殿下？您是突然怎麼了？」

「那個，克莉絲小姐。能麻煩妳緊急幫我調查，薩吉子爵在睿智之塔裡是否擁有研究室嗎？」

雖然被艾因的氣勢給嚇到，不過她立即回想起來並回答：

「這一點不需要調查我也知道喔。由於薩吉子爵家的上一代當家是位十分出色的紳士，順利通過審查，在資金方面也獲得承認，因此他現在應該也承襲並保有上一代的研究……室……」

接著克莉絲也察覺到這一點。

「艾因殿下，您的意思莫非……」

「我想妳也察覺到了，薩吉可是重要證人。」

花錢毫不手軟，以及前往睿智之塔的綁架犯馬車。

雖然還不能確定他就是犯人，不過薩吉子爵是重要證人這一點簡直呼之欲出。

艾因在內心感謝突然下起的雨，以及睿智之塔的極光。

◇◇◇

——睿智之塔。

其保全之縝密不愧讓凱蒂瑪也甘拜下風。那裡是長久以來擔任魔法都市伊思忒骨幹的設施，若不使用正當手段，完全沒有絲毫縫隙可鑽。

簡直像是要塞。

艾因再次聽完凱蒂瑪說明睿智之塔的相關資訊，此刻正煩惱著該怎麼辦才好。

可以說睿智之塔是透過滴水不漏的情報管理以及縝密的保全體制，才能一直支援著最新的科技開發直至今日也不為過。

艾因走到陽台，一邊眺望著暗紅色的天空一邊詢問凱蒂瑪：

「妳覺得使用王族令強硬地闖進去怎麼樣？」

「確實進得去喵，不過要是證據被毀掉了，你要怎麼辦喵？」

「啊，對喔……」

「若是被燒得一點也不剩，就完全不會留下任何證據喵。這麼一來，艾因使用的王族令，很有可能便會被判定是不適當喵。」

必須要避免這種問題發生。

不過既然這樣，要如何調查睿智之塔的內部？

「想組織搜查隊進入也行不通喵。在進入研究室之前，證據就會被消滅喵。」

睿智之塔有五十層樓高。

內部相當寬敞，使用升降機移動也很花時間。

「既然要用王族令，乾脆把薩吉子爵叫出來如何喵？」

「意思是先把他抓起來，不讓他聯絡任何地方嗎？」

「對喵。」

「……可是啊，在交付綁架的孩童時，途中也經過幾次中間人的交接，妳不覺得他的警戒心很強嗎？感覺他早已為此做好了對策吧。」

「經你這麼一說確實如此喵。真是的，看來只能偷偷潛入喵！」

「不過我們就是在說感覺溜不進去，不是嗎？」

「前途多舛喵。」

從陽台看見的睿智之塔明明近在眼前，內部卻宛如異世界般，是被隔絕開來的地方。和猶豫著該怎麼做的艾因相反。

「不過，也不是說沒有方法可以偷偷溜進去喵。」

凱蒂瑪竊笑著說。

「艾因，你還記得我之前說過的話喵？就是睿智之塔太過依賴舊式爐子那件事喵。」

「我記得啊，雖然記得——這和偷偷潛進去的事有關嗎？」

「有關喵。那麼，我們進去裡面，我讓你看看好東西喵。」

追上從陽台回到休息廳的凱蒂瑪，些許的期待撩撥著艾因的心。

進到室內後，凱蒂瑪立即走向自己的臥房，並單手拿著小小的筆記本回到艾因身旁。

兩人坐到了沙發上。

「這是我在工作時發現的事情，就把它寫下來喵。」

接著翻開其中一頁，用肉球指了指上頭。

上面細心地畫了幾張插圖。

「這可是不得了的機密喵。這裡畫的是睿智之塔地下爐子的構造喵。」

「……從地下室圓圓的像是水缸一樣的地方延伸出管子，然後管子直直通往塔的最上層，並在每層樓分歧出支線啊。」

「你還不懂喵？你仔細想想我之前說過的話喵。」

那就是睿智之塔太過依賴舊式爐子這點。

再加上根據現在看的這張圖，要說有什麼重點，就在於一切能量全部仰賴這唯一一座爐子。

這就和人類仰賴一顆心臟是同樣的道理。

「那個，睿智之塔內部的保全系統……」

「當然，保全方面也一樣，所有的能量來源皆集中在地下室的爐子。」

原來如此，是這麼一回事啊。艾因理解了凱蒂瑪想說的話。

「也就是說，將地下室的爐子——」

「沒錯喵！把地下室的爐子！」

「破壞掉就行了！」

「……少說傻話喵，要是做出那種事，損害金額可是會到天文數字喵。」

凱蒂瑪一臉無語地聳肩。

接著指向其中一張插圖。

「你仔細看看這裡喵。」

那個地方像是圓形水缸，看起來似乎裝了某種液體。

裝滿液體的部分相當巨大，幾乎占據了整個地下室的空間。

再加上中央區域畫了一個向地面延伸的巨大裝置，以及幾根輸送管。

「這裡儲存了溶解的魔石喵。然後液體最下層設有一個螺旋槳，負責攪拌它們喵。」

「攪拌之後會怎麼樣？」

「透過攪拌液化魔石，能夠生產出許多魔力喵。」

她接著繼續說：

「然後生產出來的魔力會透過中央的裝置——渦輪，轉換成專用的能量喵。也就是說，只要能夠停止渦輪，設施內的能量供給也會停止喵。」

如此斷言的凱蒂瑪指了指水缸中央的裝置。

「原來是這樣啊。但是要怎麼停止渦輪？」

「這當然就是那樣喵……只好由你來想辦法解決喵。」

卡在最關鍵的部分。

艾因再次雙手抱胸，煩惱著該怎麼做。

「沒有什麼安全裝置之類的嗎？」

「要產生會讓渦輪過熱的能量，就只有讓液化魔石的攪拌速度變得更快這一方法喵。」

「意思就是說，必須要想辦法讓螺旋槳的轉速加快嗎？」

「嗯哼……是這樣沒錯喵。」

在她含糊地說完話後，又苦笑著搔了搔臉頰。

「但是在渦輪過熱之前，螺旋槳的安全裝置就會先啟動喵。」

這下該怎麼辦才好啊？

艾因不禁抱頭苦思。

「這麼一來，就只能靠人力攪動液化魔石了嘛……」

但這是近乎不可能的事。

要攪動那麼大量的液化魔石，若不是棲息在水中的魔物根本不可能辦到。

「魔物……棲息在水中的魔物啊……」

好像快想到什麼方法了。

要使用杜拉罕的力量？不，這麼一來就只是純粹地破壞了。

還是要用死靈巫妖呢？但是他還不夠理解這個技能，不知道自己應該要用哪種招數比較好，因此這次不能指望她的技能。

應該還有其他技能才對。就在他這麼思考後沒過多久。

「——有了。有唯一一個可以攪拌液化魔石的方法。」

雖然是至今為止找不到用途的技能，不過艾因確實有獲得那項技能。

他終於找到突破口了。

艾因的嘴角不禁上揚，露齒而笑。

「剩下的就是要怎麼到爐子那裡去了。妳覺得要怎麼辦？」

「等等喵！你說的方法到底是——」

「我稍後會好好告訴妳的，所以先來討論進去的方法吧。」

面對靈光一閃的艾因，凱蒂瑪說出她一開始就想到的方法。

「唔唔唔……進去的方法，只要請奧加斯特商會協助就行喵。你懂我的意思喵？」

「唔——原來如此。不過這樣的話，打從一開始就直接入侵睿智之塔的上層不就好了嗎？」

「地下和研究設施經過的路不一樣喵。」

原來是這樣。艾因點了點頭。

「要是胡來，警報會馬上響起，若使用通往上層的升降機，馬上就會被抓到喵。我記得貴族擁有的研究所好像是從二十樓往上喵。」

「嗯，我知道了，那我就老老實實去找奧加斯特商會……找葛拉夫先生請求協助吧。」

於是艾因猛然從沙發上起身。

「等克莉絲小姐洗完澡出來，我們兩個會去見一下葛拉夫先生。我會直接拜託他提供協助的。」

如此宣言的艾因，臉上充滿像海龍騷動時那樣的決心，讓人感覺到他強烈的自信與可靠。

幾十分鐘後。

從浴室出來的克莉絲，展現出艾因從未見過的豔麗。

流著汗而雙頰緋紅，頭髮並非平時的馬尾，而是美麗的直髮。她的美貌簡直不需要化妝也能讓人心服口服。

她聽了艾因的話後，理所當然表示反對。

「我會想辦法處理，但我可不會讓艾因殿下去喔？」

「……雖然我本來就覺得妳會這麼說。」

「那是當然的。真是的！」

若只是開開玩笑就算了，不過艾因不可能會說這種玩笑話。

「而且，只要我一個人潛進去不就得了嗎？」

「妳這麼說我很傷腦筋呢……唔嗯……」

「不行就是不行！」

事已至此別無他法了。

「好啦好啦，你們兩個都稍微冷靜點喵——話說回來克莉絲，我聽艾因說了，雙足龍的體格那麼讓人感到怪異嗎？」

「是、是的……那不自然隆起的肌肉，看起來實在不是常見的模樣。」

那一點怎麼了嗎？

望著克莉絲疑惑的神情，凱蒂瑪露出賊笑。

「原來如此，原來如此，看起來很不自然喵？」

這是在圖謀些什麼的表情。

站在身旁的艾因和她的交情很久，所以馬上就看出來了。不只是這樣，兩人還一起搞鬼過很多次。

她在打什麼主意？艾因從她的話語中尋找答案。

（不自然的雙足龍……）

同時，他回想著來到伊思忒的目的。

自己的身體和赤狐的資料，還有……

「對喔，瑪瓊利卡先生好像有說過。」

赤狐能夠強化並操縱魔物。

「那個，艾因殿下？怎麼了嗎……？」

艾因看著臉部抽搐的克莉絲思索著。

就是這個！艾因察覺到凱蒂瑪的提示，和她交換了眼神。

艾因深吸一口氣，為了說服克莉絲而緩緩開口。

我想我大概是頭一位前去臥底調查的王儲

這天的都城與伊思忒不同，萬里無雲且晴朗無比的夜空籠罩著城市。

走在貴族街一角的兩位女性，獨占了異性的視線。

「奧莉薇亞殿下，今天非常謝謝您。」

一位是大商會奧加斯特商會的千金，庫洛涅。

星辰琉璃結晶今天也在她的右手散發著耀眼的光輝。

身穿長度及膝的白色連身裙，再套了一件灰色的針織外套。一頭自傲的淺藍色秀髮，在這說不上華麗的打扮之中搖曳風中。

大概是因為庫洛涅的容貌不遜於她散發的花香，實在太過美麗，讓她連簡約的服裝都能輕鬆駕馭。

「多虧奧莉薇亞殿下，今天度過了十分美好的一天。」

聽到庫洛涅的話語，走在她身旁的奧莉薇亞嫣然一笑。

「不會，看到庫洛涅小姐也這麼開心，真是太好了。」

兩人今天在日落前出了王城，帶著近衛騎士一起來到城邊都市。

她們去逛了逛奧莉薇亞常去的店家，一間販售服飾和珠寶飾品的商店。

「下次再一起去吧。」

如此說道的奧莉薇亞，身穿一件深藍色的露肩貼身禮服。她肩上披著一件白色披肩，避免豐滿的胸口等部位太過暴露。

而她的胸口也綻放著艾因贈送的星辰琉璃結晶。

「──啊，話說回來，奧莉薇亞殿下。」

「嗯，怎麼了？」

「其實艾因的傳信鳥剛才送來了訊息。在伊思忒似乎碰上了什麼非得要借助祖父大人力量的事情……我想等回到王城後再回覆他。」

「哎呀……艾因想尋求葛拉夫先生的協助？」

「不知道他這次又要做些什麼？唉……艾因真是的。」

嘴上雖訴說著不滿，庫洛涅的表情卻毫無陰霾。

聞言的奧莉薇亞也露出傷腦筋的模樣苦笑。

「奧莉薇亞殿下不會擔心嗎？」

「當然不是完全不擔心。不過，我相信艾因絕對沒問題的。庫洛涅小姐也是吧？」

「……是。」

「而且他身邊還有克莉絲跟著。既然那孩子判斷不要緊，那就一定不要緊。」

「我有一點──不，是非常羨慕克莉絲小姐。」

庫洛涅踏著輕快的步伐，抬頭仰望天空。

「我也好想跟艾因一起去。縱使他去那裡有很重要的事要做，我果然還是會不禁想陪在他身邊。」

「因為……他是妳的意中人啊。」

「奧莉薇亞殿下？您剛剛說了什麼嗎？」

「呵呵，不，沒什麼。話說回來——」

奧莉薇亞看著庫洛涅的胸口。

她的視線集中在脖頸佩戴的一條項鍊，墜子部分僅有一顆黑珍珠。

「最近很常看到妳戴這條項鍊呢，這是妳很喜歡的項鍊嗎？」

「唔……是的，其實……就是如此。」

庫洛涅說話難得含糊不清。她是怎麼了呢？奧莉薇亞不禁歪了歪頭。

畢竟這不是什麼大不了的事，於是這個話題也到此為止。不過庫洛涅的手按在胸口的黑珍珠上，輕聲朝著天空呢喃。

（戴著這條項鍊簡直像是他在我身上戴了項圈似的，讓我覺得很美好……不過這種話，怎麼說得出口呢？）

艾因適合的顏色是黑色，而非伊修塔利迦王室喜愛的白銀——庫洛涅是這麼想的。

所以，這份黑色中蘊藏的含意，只有她自己知道。

「話說回來，我今天早上告訴雙胞胎『艾因很快就會回來了』呢。」

庫洛涅一邊笑著一邊接著說：

「接著雙胞胎便看上去很高興地鳴叫了喔。」

「那兩個孩子，彷彿聽得懂人類的話似的。說不定一回過神來，牠們就會消失無蹤，跑去迎接艾因了呢？」

「哎呀，奧莉薇亞殿下真是的。」

兩人互看一眼，高雅地笑了。

之後兩人沐浴在眾人的視線之中，踏上了前往王城的歸途。

——庫洛涅今天睡在王城。

晚上睡覺前，她準備要用傳信鳥傳送回覆給艾因。

在與艾因相同樓層的自己房裡，庫洛涅思考著回覆內容。不過，她不管怎麼想都想不出話語，艾因的身影總是在腦中一閃而過。

「……睡不著。」

仔細想想，她累積了太多的寂寞。

現在想來，當初在來到伊修塔利迦之前的那段期間，真虧她能忍過來。都想稱讚過去的自己了。

「不，現在的我更喜歡他，所以這也沒辦法啊。」

庫洛涅迅速做出結論並下了床。

她穿起掛在附近的外套走出房間。本想下到中庭去轉換心情，不過回過神來，庫洛涅的雙腳就朝著位於同樓層的艾因房間走去。

沒過幾分鐘，她便抵達了艾因的房間。由於這層樓除了王族之外，只有受邀請的人才能踏入，因此房間外面並沒有守衛。

艾因的房間沒有上鎖。她握緊門把，輕易地打開了房門。

「——竟然偷跑進來，我似乎變成了壞女人呢。」

她如此自嘲，卻沒有停下腳步。

房間裡飄散著艾因的氣味，彷彿在勾引她一般。

不過，她踏了一步後又馬上覺得不行，便站在了原地。

「艾因……」

用寂寞的聲音呼喚著他的名字。

房間的主人不在，不能做出偷偷溜進來這種事情。庫洛涅心中感到糾結，同時又踏出了第二步。

艾因會不會其實坐在桌子前面，或是沙發上呢？

她懷抱著不可能的期待。

「……他不可能會在吧。」

雖然艾因不在是理所當然的，不過心底深處卻不禁期待他在這裡。明明兩人有用傳信鳥聯絡彼此，但是最近果然還是會感到寂寞。

庫洛涅的腳在無意識之間朝著艾因的臥室前進。

不行。她必須快點出去才行。

盤旋在腦中的糾結毫無收斂之意，與此同時，移動的雙腳也沒有絲毫要停下來的跡象。

一步步緩緩前進的庫洛涅，終於站到了艾因的床邊。

「……對不起。」

在空無一人的房間裡道歉後，庫洛涅坐到了艾因的床上。

床鋪發出木頭摩擦的細微聲響。庫洛涅的手伸到懷中，掏出猶豫該怎麼回覆的傳信鳥。

對於自己偷偷跑進他的房間懷抱著罪惡感。

不過同時，想要告訴艾因的話語也排山倒海般湧現。

不知是否是因為處在艾因的臥房，她沉浸在無法言喻的平穩情緒之中。

「下次得好好向他道歉。」

為此，她希望艾因能早日歸來。

庫洛涅將現在懷抱的寂寞化成了言語。

「好想快點見到你。我似乎……比自己想得還要耐不住寂寞。」

她一邊咯咯地笑著，一邊用平時捉弄艾因的口吻這麼說道。

並不是想說什麼讓他傷腦筋的話。所以在她說出剛剛那句話時，並沒有注入魔力——她是這麼以為的。

「呃，咦……？」

傳信鳥出現啟動的反應，蒼白色光輝閃爍了幾次。

是無意識中注入了魔力嗎？還是魔具不小心自行啟動了？無論如何，剛剛那句話已經傳送給艾因了，這件事實才是最重要的。

她沒有說謊。只是感到難為情罷了。

「都是艾因的錯，誰教艾因不早點回來……」

既然已經傳送出去也不能取消，庫洛涅不禁把責任轉嫁到艾因身上，並躺在他的床上。

她彎曲自己的膝蓋，緊緊抱著枕頭閉上雙眼。

接著很不甘心的是直到剛剛為止難以入眠的感覺難以置信地消失了，強烈的睏意與放心的感覺包覆了庫洛涅全身。

「我沒有說謊……不過……」

艾因會怎麼回覆我呢？雖然不認為會發生這種事，不過要是艾因無視了她，那麼她可能再也無法振作起來了。

不過，心情本來不平靜的庫洛涅，漸漸取回了寧靜。

吸一口氣，她的眼皮變得沉重。

吸第二口氣，全身逐漸放鬆。

吸第三口氣，她寂寞地呢喃：「快點回來啦，傻瓜。」

第四口氣開始混雜了均勻的呼吸聲，庫洛涅還來不及抵抗就闔上了眼皮。

大概還過不到幾十分鐘。

因為庫洛涅睡在艾因的床上，感覺到艾因房裡有人的氣息，瑪莎感到狐疑地走了過來。

客廳沒有任何人，通往臥房的門卻打開了一半。

「有人在嗎？」

瑪莎想到的是奧莉薇亞。

若是奧莉薇亞的話，就算因為艾因不在太過寂寞，甚至偷偷跑到艾因的房間來也一點都不奇怪。

不過瑪莎看到抱著枕頭躺在床上的身影並非奧莉薇亞，而是庫洛涅。

「……哎呀呀，這麼說起來，庫洛涅大人也是一樣呢。」

不過，她很在意庫洛涅沒有蓋上棉被這一點，於是瑪莎安靜地替她蓋好被子。

其實應該要責備這位少女潛入王儲房間的行為，不過她的腦中完全沒有閃過這種念頭，因此這也是莫可奈何的事情。

「要是您感冒，艾因殿下回來可是會傷心的。」

瑪莎露出溫柔的笑容離開了臥室。

這是和王儲一同渡海而來的少女令人會心一笑的戀愛。

她沒有不解風情，只是在一旁守望並默默離去。

◇◇◇

庫洛涅就寢後不久。

待在伊思忒旅館裡的艾因，來到之前收留的少女房裡。

那沾染煤炭般髒汙的臉和頭髮已沖過澡並清洗乾淨，眼前的人是符合年齡的樸素城市女孩。他們也選購了幾件衣服並讓她穿上。

少女聽了艾因講述睿智之塔的事情後，感動地浮出了淚水。

「對、對我來說……沒有什麼比妹妹能得救還要更幸福的了。」

「還不確定她是不是真的在那裡。這頂多只是有可能而已。」

「不！縱使如此，只要有一點線索就夠了……！」

看見少女喜悅的模樣，陪同的凱蒂瑪開口：

「雖然問得有點晚，不過能問問妳和妳妹妹的名字喵？不然我們沒辦法找喵。」

「失、失禮了！我叫做芭蘭，我的妹妹叫做梅。妹妹才六歲，年紀還很小。」

「嗯嗯，原來如此喵。」

「話、話說回來……我想二位大概是貴族大人，請問兩位究竟是……」

他們彼此甚至都還沒自我介紹。

「我是艾因，這邊的貓咪是凱蒂瑪阿姨。」

「我不是貓咪喵！是貓妖族喵！」

「啊，那個……兩位果然是貴族嗎？」

畢竟在貧民窟生活，大概沒辦法獲得什麼情報吧。

就算聽到艾因、凱蒂瑪等王族的名字，芭蘭也絲毫沒有動搖。

「和貴族又有點不一樣，有點難說明。」

如此說道的艾因走出芭蘭的臥室，前往休息廳。

「我差不多該去做準備了。凱蒂瑪阿姨，我會讓迪爾留下來當凱蒂瑪阿姨的護衛，如果發生任何事就依靠迪爾吧。」

「了解喵！」

和貴族不一樣？雖然看見芭蘭頭上浮現出問號，艾因仍然離開了房間。

「請告訴我吧，兩位究竟是──」

「嗯……都說這麼多了，也沒什麼好瞞喵？」

「請告訴我吧，兩位可是我的恩人！」

「剛剛那個男孩子的名字是艾因・馮・伊修塔利迦。我則是凱蒂瑪・馮・伊修塔利迦喵。剩下的我不用說明妳也明白喵？」

「家族名是伊修塔利迦……？那該不會是——！」

「喵哈哈！看到妳這麼棒的反應，我也很滿足喵！」

——艾因和克莉絲離開旅館後，凱蒂瑪坐到沙發上開口：

「好了，我也得來工作喵。」

「凱蒂瑪殿下，您說的工作是？」

迪爾詢問內容。

「在旅館裡發呆也無濟於事喵。在他們兩人回來之前，得先安排許多事喵。」

她說著並拿了張合適的紙開始書寫。

「艾因想得還不夠遠喵。假設綁架的受害者真的在睿智之塔，他應該要多想想救他們出來之後的事情才對喵。」

「……凱蒂瑪殿下？」

「要準備收容他們喵。為了調查是否有登記失蹤，必須聯絡騎士值勤所，還有到時候如果有傷患，也要安排醫療措施喵。而且他們的衣服大概都很簡陋，必須要多準備一點才行喵。然後——」

「凱蒂瑪殿下！」

「喵喵嗚！迪爾，怎麼突然大叫喵？」

「若、若有在下做得到的事，在下也願意幫忙，還請不要獨自行動……」

迪爾或許是感到寂寞吧。雖然他身負凱蒂瑪的護衛任務，不過自己要和艾因分開，且要在旅館裡待命，作為艾因的護衛以這樣的形式完成任務，大概讓他感到不甘心吧。

察覺到這一點的凱蒂瑪嘴角不禁上揚。

「作為古雷沙公爵家的人，能麻煩迪爾也寫封信喵？畢竟身為公主的我來這裡這件事，姑且也是個祕密喵。」

「是！請交給我吧！」

「呵呵呵……我們這裡也要奮戰喵！」

凱蒂瑪放聲大笑，祈禱離開旅館的兩人能夠成功。

◇◇◇

旅館外面停著一輛馬車。

穿上斗篷的兩人進入馬車後不久，馬車便開始前進。

「——這是最終確認，您真的要去嗎？」

坐在兩人面前的葛拉夫，詢問剛乘上馬車的兩人。

接著兩人脫下了帽子。

「這事已成定局，而且不要緊的。對吧，克莉絲小姐？」

「呃……對我來說，我甚至希望您現在馬上回去旅館。」

畢竟她也有作為護衛的立場，因此克莉絲答應得不情不願。

艾因可以調查赤狐相關的事務，這件事已經獲得辛魯瓦德的批准。

再加上現在懷疑不自然的雙足龍與赤狐有關係。艾因用這個推測說服了克莉絲，最後決定要一同潛入睿智之塔。

「這沒有比海龍還要危險，不要緊的。」

「那隻雙足龍確實不如海龍那般恐怖啦……」

「實際上，如果有克莉絲小姐在我們還是會輸的話，那麼我想待在旅館裡也是一樣的喔？」

「那怎麼可能啊！待在旅館比專程跑來插手還要安全數百倍……不，安全數千倍！」

「我知道。我只是想逞強一下罷了，這次就麻煩妳睜一隻眼閉一隻眼吧。」

若是赤狐有參與綁架騷動的話，那麼他可不想浪費時間。

雖然是預料之外的牽連，不過他完全沒有要放過這個可能性的意思。

克莉絲也有相同的想法，因此才沒辦法反駁艾因。

「哈哈哈！這麼熱鬧可真是不錯，不過還請兩位務必千萬要小心。」

葛拉夫說完後，視線移向擺放在寬敞馬車中的大木箱。

「那邊的箱子就是要搬運的貨物，裡面是雙層構造，稍後會請兩位躲到木箱下面。那上面裝滿了魔石，抵達後會直接搬進睿智之塔。」

「我知道了。搬進去之後會直接運往地下室吧？」

「正如您所說。」

「謝謝，在那之後我和克莉絲小姐會努力試試。」

已經沒有比這個還要更好的點子了吧。為了潛入睿智之塔的地下室，他們獲得了奧加斯特商會的協助。

接下來再用艾因的力量停下爐子。

確定保全系統解除之後，他們就前往應該在上面的研究所。

「不過，裡面有好幾間貴族的研究所，您究竟要怎麼尋找那位子爵的研究所呢？」

「唯有這一點必須要靠勞力了，只能一個個找。」

「哈哈哈，這又是道難關啊。」

「停止動力源就不能使用升降機，要爬到二十樓感覺也很累。」

艾因的話讓葛拉夫不禁莞爾。

「還請千萬要注意安全啊。若艾因殿下受傷，庫洛涅也會難過的。」

聽到揪心的話語，艾因露出了苦笑。

途中一行人聊了些無關緊要的事情後，葛拉夫看向窗外。

「差不多是時候了。來，快進木箱裡。」

「我知道了。克莉絲小姐，快點吧。」

「是，我明白了。」

木箱大概有兩個普通浴缸那麼大。

艾因和克莉絲躺到沒有裝任何東西的木箱中。

「那麼，先蓋上第一層蓋子。」

葛拉夫蓋上木板。

接著他們馬上聽到嘎啦嘎啦的清脆聲響，許多魔石被倒進了木箱中。

「雖然裡面可能不太舒適……」

「不要緊！這點程度我們忍得住！」

「那真是太好了。接下來要進入睿智之塔的地盤，還請保持安靜。」

葛拉夫說完後過了幾分鐘，艾因聽到馬車門打開的聲音。

「我們是奧加斯特商會。」

接著從外面踏進馬車的人將木箱搬了出去。

木箱搖晃之中，艾因小聲地說：

「……成功了呢。」

「是，似乎沒有引起疑心。」

「但是果然還是有點擠——」

「——哇！艾、艾因殿下？」

艾因的手碰到溫暖又柔軟的觸感。

雖然處於一片漆黑之中，他不知道自己究竟摸到了什麼，不過聽到克莉絲銀鈴般的聲音，他稍微有所自覺。

「抱、抱歉！」

「沒關係啦……不過這樣很令人害羞，請不要做出太大的動作……！」

在這密室中，甚至能聽到克莉絲的呼吸。

兩人之間的距離甚至可說是緊密相貼，現在他們甚至還會摩擦到彼此的大腿。

聞到她香甜的氣味，艾因緊張到腦袋甚至開始暈眩。

（等等就要進行重要的調查，我到底在做什麼啊？）

為了讓自己被克莉絲的魅力所迷惑的心情平靜下來，不斷重複著深呼吸。

在木箱被「喀噠」放下後，緊接著傳來齒輪轉動和鋼纜的聲音。

沒過幾分鐘，人的氣息消失在裝有兩人的木箱附近，他們在一片漆黑之中面面相覷。

「已經可以出去了嗎？」

「以防萬一，我們再多等一下吧。如果這樣還是被發現也莫可奈何，只好讓對方睡一下了。」

「嗯，我知道了。」

兩人不禁繃緊了神經。

完全沒有感受到他人的氣息和聲音，克莉絲開口。

「應該……沒問題。」

「走吧。雖然沒有時間限制，但是我想儘量在人比較少的夜晚結束。」

「呃……咦？那樣不就有時間限制了嗎？」

「不用在意小細節，走吧！」

從木箱出去的方法只有一個。

畢竟沒有做出像門那種方便的東西，只能破壞木箱了。

「這種時候很方便呢。」

艾因從背後伸出幻想之手打破了箱子。

離開箱子，他們將帶來的劍佩於腰際。

至今為止從未見過的景色占滿了視野。

「真厲害……」

「內部原來長這個樣子啊。」

伊思忒號稱魔法都市。

不過，睿智之塔的地下室並非奇幻景象，而是留給人較強烈的工業風印象。腳踩的鐵絲網有好幾層，到處布滿的運輸管映入眼簾。

地下室該不會也被塞了一個城鎮吧？睿智之塔的地下室寬敞到讓艾因有這種感覺。

中央有個圓形水缸，裡面裝滿了散發青綠色光芒的透明液體。那裡流露的光輝微微照亮著地下室的空間。

最重要的是那個水缸的深處有巨大的螺旋槳在旋轉。

「然後……」

位於螺旋槳上方的巨大裝置應該就是渦輪了。

從渦輪延伸出去的幾條輸送管，在天花板被捆成一束，改變了形狀。

「雖然凱蒂瑪阿姨說這是舊式爐子……不過還是很壯觀。」

站在他身邊的克莉絲也目瞪口呆。

「是啊……這裡簡直像是鋼鐵城堡呢。」

水缸上方的輸送管現在就宛如王座吧。

一想到輸送管延伸到地面，並將能量運送到高高聳立的整棟塔，艾因對此也同時產生了像是在吸收水分的樹根一般的印象。

「像樹根這一點，或許感到有點親近吧——好了。」

他從木箱後面窺伺四周的情況。

果然……應該說是理所當然，到處都有保全在站崗。

「我會在他們發現之前讓他們失去意識。雖然手段有些強硬，不過我認為這次別無他法。」

「——也是。結果還是演變成這樣啊。」

「艾因殿下請在這裡等著，我馬上就回來。」

「不，我會一邊躲一邊靠近水缸，畢竟浪費時間也不好。」

「……不要緊嗎？」

「就算被抓住，反正是保全人員也不會有事，而且克莉絲小姐會馬上來救我吧？」

接收到全然的信賴，克莉絲一邊嘆氣，一邊露出笑容。

「請交給我吧。我馬上回來，您不可以胡來喔？」

艾因眨眼的剎那，克莉絲便消失在他眼前。

「那麼，我也出發吧。」

他朝著充滿液化魔石的水缸前進。

木箱被放置在比水缸高上十層樓左右的地方，他必須要下幾次樓梯才能抵達。

走在鐵絲網地板上，便發出「鏗鏘」——這般有些令人不安的聲響。

「走、走吧。」

艾因朝著在附近找到的樓梯前進，握著鐵製的扶手走下樓梯。

階梯理所當然也由鐵絲網鋪設而成。

他一邊下樓梯，一邊眺望著水缸，水面盪漾著宛如前幾天看到的極光色彩。

時而變得蒼藍，時而轉為螢光色，那色彩斑斕的光景似乎是因為螺旋槳的旋轉速度而變化。

當鮮豔色彩於水面晃動時，艾因能切身感受到特別強烈的魔力氣息。

巨大的震動聲迴盪在寬敞的地下空間，液化的魔石和黑色的鋼鐵相襯，在燈光的照耀下散發出獨特的氛圍。

艾因察覺到附近有人的氣息，便停下了腳步。

「那邊有異常嗎？」

「無異常，繼續戒備。」

睿智之塔的保全人員身穿綠色制服並戴著帽子。兩名保全位於艾因前進的方向，雖然他是朝著兩人的背後向前進，但再繼續走下去必定會被發現。

「這是沒辦法的吧……嗯。」

他必須要調查綁架犯和薩吉的事情。

「希望他們能當作自己運氣不好。我真的有自己在做壞事的自覺。」

雖然比不上克莉絲，不過吸收了許多魔石變強的艾因，速度也相當快。

鏗——聽見踏著鐵絲網的聲音，保全回過頭的瞬間，看到眼前伸來的黑色觸手不禁感到震驚。那是保全最後的記憶，他們隨後伴隨鏗鏘的聲響倒在了地上。

「是誰——」

「抱歉，希望你也能躺一陣子。」

在對方大叫出聲之前，艾因放倒了兩人。

接著確認保全尚有呼吸。

艾因「呼」地吐出一口氣後抬頭仰望，和剛打倒樓上保全的克莉絲對上了視線。她看見艾因的行動而感到驚訝，隨後馬上伸出食指抵在嘴邊：「噓——！」

「我知道，對不起喔。」

看到艾因的嘴型，理解他傳遞的訊息後，克莉絲的身影再度消失。

「呼……還差一點。」

一個、兩個、三個階梯……他有節奏地跑下樓梯。

終於來到了最底層，踏上與剛才不同，宛如黑曜石般打磨過的地面。

直通水缸的筆直道路，鄰接著水缸前方往上的階梯以及搬運魔石用的斜坡。階梯大約有四、五層樓高的民宅那麼高，這讓艾因感到有些喪氣。

「雖然也不是抱怨的時候。」

跑在路旁的艾因向上仰望，處處可見保全昏倒的身影。

一人接著一人。他能看見一個個保全倒下的模樣。

「克莉絲小姐好像也結束了。」

最後和克莉絲交換了眼神。

艾因爬上了樓梯，和告一段落的克莉絲會合。

「讓您久等了，看來似乎剛好趕上。」

「我這邊也是，只放倒了兩位保全，沒有什麼問題。」

「當時讓我有點著急……還好那點程度便順利讓他們昏倒了。」

兩人稍微確認彼此的狀況後，望著眼前占滿視野的水缸。

很寬闊。他沒有看過這麼巨大的金屬容器。

「艾因殿下、艾因殿下。計畫能順利進行嗎？」

「嗯。我今天早上在旅館的浴缸試過了，可以順利使用。」

接著艾因抓住環繞著水缸的鐵欄杆。

艾因有個能夠攪拌液化魔石的方法。

──那就是技能「海流」。

雖然有點像是在玩文字遊戲，這是在海龍騷動時吸收了海龍的魔石後，回到王城確認狀態分析卡時發現的技能，這項技能可以操作水的流動。

「好！」

他伸出手臂使用「海流」，液化魔石便漸漸起了波紋。

以渦輪為中心，液化魔石以猛烈的氣勢產生漩渦。

「該怎麼形容呢──真是驚人的技能啊。」

「旋轉的力道會不會是仰賴我的魔力啊？或許可以再更強一點。」

他使勁注入全身的力量，並讓意識集中在水缸內部。

漩渦的速度不斷提升，液化魔石發出的光芒更加激烈，散發出令兩人感到眩目的強烈光輝。

遍布地底下的輸送管開始產生細微的晃動，發出不平穩的震動聲。

接著與此同時，螺旋槳發出嘰嘰嘰……的悶聲，停止了運作。

正如凱蒂瑪所言，安全裝置大概啟動了吧。

「哈哈！」

艾因不禁發出笑聲。

他的額頭浮出細小的汗水，但那並不只是因為疲勞，也是因為水缸傳來的熱氣。

「我明明是王儲，這樣還真可笑呢！」

「真是的……您的臉都放鬆了喔？」

「抱歉抱歉，或許有點太不正經，不過我其實還挺享受的。」

至今為止從未見過的巨大地下空間，充滿在這空間的技術結晶正中央。

彷彿在舉行不可告人的儀式般，艾因心中產生類似反派的心境。雖說他是來調查犯罪行為，不過因為是偷偷潛進來的，所以感覺實在不像正義的夥伴。

「艾因殿下……！」

「嗯！差不多了——！」

渦輪開始輕微搖動。

那搖動漸漸加劇，遊走在周遭的輸送管也散發出強烈的熱能。

因為悶熱，艾因與克莉絲的脖子都浮出了汗水。

「去吧……差不多也到極限了吧！」

一陣劇烈的搖動讓整個地下空間開始晃動。

喀——聽到連續的撞擊聲後，鮮紅的警示燈亮了起來。

水缸產生了更強烈的熱氣後不久……

刺骨的白色冷氣猛烈地從天花板撒下，凍住了水缸內部的液化魔石表層。使用海流力量攪拌的液化魔石，此時變成了雪酪狀。這些完完全全都是渦輪過熱的證據。

「艾因殿下！趕緊往上前進吧！」

回過神來，警示燈已經消失，地面和樓梯各處的緊急照明亮了起來。

艾因聽到克莉絲的話後點點頭，開始跑了起來。

「首先，得先到地面上才行！」

「是！凱蒂瑪殿下說過，必須要趕在開始改用緊急能源之前做出了斷！」

「我知道！要不然解除保全系統就沒有意義了！」

◇◇◇

兩人為了前往地面樓層，再次爬起鐵絲網階梯。

雖然大腿開始感到痠痛，不過現在就先不管這種事了。

兩人回到放置木箱的地點後，馬上找到向上的緊急逃生梯，從那裡踏入了睿智之塔的地面樓層。

「樓梯！也太多了吧！」

「啊哈哈……唯有這一點莫可奈何啊……！」

單純計算下來，光是今天他們大概就向上爬了四、五十層樓。

體驗到不能使用升降機的不便之處，沒有比這更令人感到氣餒的了。

「不過，好像終於抵達目的地的樓層了！」

在不斷爬著鐵絲網階梯後不久。

克莉絲找到了「20F」的字樣。

「從這裡開始必須要尋找薩吉子爵的研究所——！」

他們猛然打開門。

接著出現在眼前的是環狀道路。通道的形狀配合塔的外圍，一扇扇巨大的門扉在一定距離下，聳立並排於內側。

那門扉似乎比王立君領學園教室的門還要大上將近一倍，天花板也十分高聳。

「感覺真壯觀，好有研究所的感覺喔。」

「畢竟這實際上就是一間間的研究所。」

這個空間的地板與牆壁，甚至連天花板都是一片純白。

不過如今在緊急照明那蒼白光芒的照耀下，看起來莫名詭異。

再加上穿著白衣的研究員們慌慌張張地到處跑動，整座睿智之塔因為爐子過熱陷入騷動的事實簡直一目了然。

穿著斗篷的兩人跑在通道上，發現門前掛著名牌。

「克莉絲小姐！只能按部就班地一間間找了！」

「是！我們趕緊找吧！」

雖然艾因與克莉絲身穿斗篷，不過慌張的研究員們絲毫不在意，只為了確認現況而不斷騷動。

「喂！發生了什麼事？」

「快點趕到下面去！必須要趁還有緊急能源時儘快避難！」

「但是保全系統癱瘓了！」

「不是只有你們的研究所！大家的狀況都一樣啊！」

聽到他們的聲音，艾因心中的歉意油然而生。

「艾因殿下，我們去上面吧！似乎不在這一層樓！」

在差不多轉了一圈時，克莉絲指了指正好發現的樓梯。

衝上樓梯的兩人，在許多避難的研究員的縫隙之間前進。雖然有人對兩人的打扮和行動感到可疑，不過大家都無法違抗人潮的流動，沒有人嘗試出聲阻止他們。

來到了二十一樓。

還是沒找到薩吉子爵研究所的兩人又往二十二樓和二十三樓跑去。

兩人終於停在某間研究所前，是自那之後過了幾分鐘的事情。

「終於找到了——！」

睿智之塔的二十八樓。

和其他樓層相比，這裡的研究所打造得較為寬敞，房間數量也較少。

「這真是多虧了上一代當家的聲望啊。寬敞程度十分壯觀。」

中央的門與隔壁研究所的牆壁之間大約相隔了二十公尺吧。兩邊合計四十公尺。

「我們趕緊進去吧。」

克莉絲語畢便馬上發現門扉上的鎖。

「……看來薩吉子爵果然做了虧心事。」
「那個掛鎖是鐵製的？挺牢固的。」
「不，這和我的護手禮劍一樣是祕銀所製。這並非一般的掛鎖，而是魔具。雖然比王城寶物庫裡的物品要便宜，不過您可以當作是同樣類型的東西。」
「嗚哇……好可疑喔。」
要怎麼撬開它呢？用蠻力嗎？
艾因開始思考後沒多久，克莉絲便拔出護手禮劍。不顧面露詫異的艾因，她展現出肉眼無法捕捉的神速，將祕銀製的掛鎖斬斷，鎖便掉到了地上。
看到同樣材質的護手禮劍成功將其破壞的事實，艾因在內心不禁稱讚克莉絲的劍技果真了不起。
「太好了！鎖開了喔，艾因殿下！」
「雖然我認為應該要講『被』打開才比較正確……幫大忙了。」
大門是雙開式的拉門。
艾因伸手使力，沉重的大門卻一動也不動，他立刻伸出幻想之手。
「克莉絲小姐，門開了喔。」
這扇門大概是自動門吧，因此就算巨大也相當實用。
艾因想起了王立君領學園的教室。
「呃……艾因殿下還不是也做了類似的事情！」
「好啦好啦，反正門開了就好。我們進去吧。」
兩人同時踏入門中。

——喀噠！

門發出巨大聲響倏地關上，將兩人關在了裡面。

就算艾因伸出幻想之手想打開門，門卻似乎被動了什麼手腳，一動也不動。室內迴盪著警報聲。

「我們被關起來了，該怎麼辦才好？」

加以破壞嗎？這個詞語浮現在腦海中。

「您的語氣可真是悠哉呀……不過我想不要緊，請稍微離門遠一點。」

「咦？嗯，我知道了。」

克莉絲直直舉起護手禮劍，朝著門刺了一下。

「……妳要怎麼做？」

「開個人有辦法通過的洞——我是這麼想的。」

接著，克莉絲的身體突然晃動了起來。

她揮舞護手禮劍刺擊，發出有節奏的聲音後過了幾秒，最後出現一陣大概是克莉絲放出的暴風後，門板中央伴隨著巨大聲響開了個圓形。

「呵呵，您覺得如何？」

笑得一臉得意的克莉絲實在可愛。

「是我小看妳了……」

僅靠一把護手禮劍，克莉絲便完成了人類做不到的事情。

（雖然她也不是人類，是精靈就是了。）

無聲地在心裡吐槽後，艾因的視線轉向薩吉子爵的研究所內部。

宛如黑色大理石般的地面，還有好幾個地方留下了先前似乎放置過巨大魔具的痕跡。他可能賣掉了研究用的魔具，或是轉移到別的地方了。

不過，並非所有魔具都被移動了。

「話說回來，這裡只剩下奇怪的魔具呢。」

艾因的視線彼端並排著巨大的筒狀玻璃，裡面有好幾種魔物被泡在螢光色的液體之中。

「是啊，就算他和綁架事件無關，看來也有必要進一步詢問他的研究項目。」

「這裡還有野牛，但是和市面上看到的相比，肌肉簡直像是汽球一樣。」

「大概是經過胡亂強化吧。雖是魔物，但那模樣實在令人痛心……」

魔物的嘴邊時不時會露出泡泡，因此魔物們應該還活著。

（雖然比之前看到的小，不過也有雙足龍。）

環視四周，艾因的視線望向看起來通往更深處的門。那扇門就在裝著魔物的玻璃筒縫隙間，是個有點難注意到的地方。

「克莉絲小姐，走那邊。」

他們急忙跑過玻璃筒旁邊並站到門前，望著眼前新出現的鎖。

「我也把這個破壞掉吧。」

克莉絲一下就斬斷了鎖。

只有眼前這扇門是木製門，看起來不像研究所會有的門，而是貴族宅邸常見的製品。

兩人從門的深處察覺了幾個人的氣息。

「那個……艾因殿下，您可能會目擊怵目驚心的畫面──」

「不要緊，我也要進去。」

「但是！」

「我是王儲，必須要親眼見證貴族犯下的罪過。」

克莉絲被遺傳自奧莉薇亞的碧眼凝視，氣勢弱了下來。她靜靜地點頭，伸手率先摸上門把。

映入眼簾的景象並非淒慘的光景。

「嗚哇……有種慾望集合體的感覺。」

宛如高級旅館的室內的一角，許多高級傢具占滿了視野。

看到擺在深處的大浴缸，一張巨大的床鋪就擺放在它的旁邊，讓人感到煞風景。放置在不遠處的桌上擺著文件和資料，上頭還擱著羽毛筆。

不過，看向完全相反的另一側牆壁後，便有一整面被鐵籠包覆的空間。

少女們就在那裡。

「克莉絲小姐，那邊就交給妳了。我想身為男生的我，還是不要靠近比較好。」

「……是！」

少女們皆身穿較為暴露的**輕裝**。

看到房間的門被人打開，她們似乎嚇了一跳。當克莉絲接近並拿下斗篷，看到對方是女性後，有許多人流下欣喜的淚水。

從外貌推敲，這裡有從六歲左右到十五歲的少女，年齡幅度相當大。

「已經不要緊了，我們是來救妳們的。」

艾因一邊聽著背後傳來的聲音，一邊靠近擺放文件的桌子。

「——果然是人渣啊，薩吉。」

第一張文件詳細地記載著收支情況。

少年還有少女，一個人大約能賣多少價格，接著從某個時期開始，就只寫了少年的價格。

「也就是說，有些少女沒有被賣掉。」

鐵籠中的少女就是如此吧。

「綁架事件的重要證人……跟我原本推測的有所出入啊。」

薩吉是幕後黑手，也就是犯人。

看來似乎有必要針對已經被賣掉的人們，進行詳細且嚴格的盤問。

「而且，他似乎還犯下了其他罪。」

他向相當厚的文件瞥了一眼。

艾因將文件全部拿起，等待克莉絲回來。

「艾因殿下，我們直接把那些孩子帶出去。就算光明正大地走出去，我們也不會有罪。」

「我知道。回去時就堂堂正正地走大門吧。」

聽到艾因的回答，克莉絲望向他的手邊。

「文件上……寫了些什麼嗎？」

「寫了能讓薩吉被處以極刑的事情。」

「那真是太好了。離開睿智之塔後，就請艾因殿下立即發出王族令。」

「這麼一來，馬上就會有騎士進入嗎？」

「是。如果您想要，雖然很難直接扣押整棟睿智之塔——不過可以做出類似的行動。」

那麼我們馬上出去吧。艾因回過身，見少女們已套上了白衣。

「我認為讓她們穿點衣服比較好，便要她們套上附近的白衣了。」

「很好。那麼，在薩吉他們來之前快點——」

在踏出一步的瞬間。

「唧咿咿咿嘎嘎嘎嘎嘎！」

「嘎啊啊！」

魔物的吼叫從房間外頭的玻璃筒那一帶傳了過來。

聽來心痛並狂暴的聲音讓少女們感到害怕，一齊縮起了身子。艾因和克莉絲擺出架勢。

「我猜這算是一種防衛機制，妳覺得呢？」

「就說您的語氣為何可以如此悠哉呢……？雖然我也同意您的說法……」

「得先到外面掃除一下才行。」

「那個，若您打算戰鬥的話……那可不行喔？」

您以為護衛是做什麼用的？克莉絲這麼說道，然而艾因卻踏出了腳步。

「如果克莉絲小姐輸了，那麼我們也會很危險。既然這樣，打從一開始就一起戰鬥比較好。」

艾因說完後馬上又補了一句：「雖然我不認為妳會輸啦。」

「都到了這一步，現在這麼說已經太遲了。」

「唔！唔嗚嗚……聽您這麼說，我也難以反駁。」

「好了，我們走！只能放手一搏了！」

邁開腳步的艾因一腳踢破門板跑了出去。

他全身感覺到的亢奮在拔劍的瞬間又更加高漲。

從未體驗過這股滿溢而出的力量，自然而然伸出的幻想之手比之前還要健壯。

追上艾因的克莉絲看見他手邊的劍，黑色的魔力宛如紫電般纏繞劍身，遲遲沒有散去。

「艾因殿下！您那把劍是？」

「我也不知道！一用力就變成這樣了！」

「咦咦！請您不要使用這麼可怕的力量啊！」

艾因沒有時間回答，猩紅野牛便朝他襲來。不同於學園的訓練，眼前的猩紅野牛充滿了重量，扭曲的牛角敏銳地瞄准了**獵物**。

艾因的腦中突然響起了女性的聲音。

「不要緊。」

他對聲音有印象。這個嗓音和從半年昏睡中甦醒之前聽見的，那疑似死靈巫妖的女性聲音一樣。

可以相信她嗎？艾因的心中沒有這樣的疑問，只是突然露出微笑。

「她說不要緊呢！」

艾因一劍斬斷了猩紅野牛，那俐落的橫切面實在出色，看呆的克莉絲開始思考優先順序。

「雖然我不知道什麼不要緊，不過請您千萬不要胡來！」

然而事以至此也莫可奈何。

克莉絲也再次拔出護手禮劍，打倒襲來的魔物。一隻、兩隻……面對接連倒地的魔物，她皺起眉頭開口：

「果然不尋常！魔物有種失去自我意識，被某種東西控制的感覺！」

「那就更應該要快點打倒牠們，離開這裡才行！」

「是啊……！今天之內就會讓騎士出動！」

在他們戰鬥的期間，仍有魔物一隻接一隻從筒內打破玻璃跳出來。

潑灑在地面的液體散發出甜甜的香氣，不悅地刺激兩人的鼻腔。

「咕唔！嘎嘎嘎！」

「艾因殿下！」

「我知道！」

艾因用幻想之手抓住襲向他背後的巨蛇，一回頭便斬斷了牠。

「嗚嗚……咕嘎！」

這次是前面。接著……

「唧咿咿咿咿——！」

雙足龍從上方襲來。

艾因一時之間猶豫要從哪邊開始下手，克莉絲便出手幫忙。

「看來一對多的戰鬥，您還需要多多習慣呢！」

「……受教了。」

兩人自然地背對背而笑。

「不過，我應該有變強吧？」

「啊哈哈——是，您變得非常強喔。」

「謝謝，我好像有幹勁了。」

眾多魔物包圍了站在研究所中央的兩人。

雙方一步一步緩緩靠近彼此，先發制人的是艾因與克莉絲。

「欸，克莉絲小姐！妳不覺得揭發薩吉的舞弊後，爺爺會給獎勵嗎？」

「畢竟還要算上偷偷溜進睿智之塔這件事，我認為恐怕會抵銷！」

聞言的艾因露出苦笑。

「但是，畢竟我最後也同意您了……被罵的時候我會和您一起被罵的！」

「是我勉強妳的，所以我想克莉絲小姐應該沒有必要受責備……吧！」

「嘎嘎！」

「那可不行！畢竟我可是護衛！」

「唧咿咿……！」

刀光反射著警示燈，紅色的閃光在研究所內大展身手。

魔物的數量漸漸減少，只剩下一頭格外巨大的鮮綠雙足龍。

最後，搶先一步進攻的艾因使用幻想之手阻止牠的行動。

「——克莉絲小姐！」

艾因看向天花板，大喊出聲。

「是！」

俐落地從充滿液體而滑溜的地面跳起，護手禮劍朝著鮮綠雙足龍的眉心刺去。

「這樣就結束了！」

咚！護手禮劍刺穿了鮮綠雙足龍的頭骨。

鮮綠雙足龍沒有發出任何叫聲，牠緩緩地閉上眼，巨大的身軀橫躺在地。

兩人互看一眼，收起彼此的武器後走向對方。

「辛苦了。」

「是，艾因殿下也是。」

他們這麼說著。

稱讚了彼此的戰果後，兩人用力地互相擊掌。

◇◇◇

帶著少女們出了研究所來到通道上，毫無人煙且空蕩冷清的空間映入眼簾。

看來大部分的研究學者幾乎都已避難完畢，緊急照明淒涼地照亮他們的腳邊。縱使是這樣的空間，對被囚禁的少女們來說，仍是久違地來到外頭。

她們大多都呆愣愣地流下了淚水，唯有一位親近人的少女向艾因搭話。

「欸欸欸！我見得到姊姊嗎？」

這名有著與芭蘭神似的輪廓及同樣髮色的年幼少女，很明顯地就是芭蘭的妹妹梅。

「馬上就能見面了，妳等等喔。我們必須快點離開這棟建築物才行。」

「嗯！謝謝大哥哥！」

大概是因為梅年幼又天真，克莉絲笑了，沒有斥責她對艾因的稱呼方式。

艾因和克莉絲領著少女們前進後不久。

地下室的爐子似乎恢復原狀，天花板撤下白色燈光，令大家感到目眩。

「升降機已經啟動了吧？」

「我想應該啟動了，不過升降機無路可逃，個人認為會有點……」

「……雖然我累了，但還是走樓梯吧。」

「是啊，但不是走緊急狀況用的樓梯的話，走起來應該很寬敞。」

帶著十幾名少女走在寬敞的通道上，看起來十分熱鬧。

混雜著兩人「喀嚓」的皮鞋聲，穿著簡便拖鞋的少女們踏著蹣跚的步伐，一行人的腳步聲迴盪於走廊。

走在向下的樓梯下了幾層後，克莉絲突然佇立不前。

「果然來了呢。」

後面的內容無須多言也一目瞭然。

看著艾因點點頭，克莉絲走向前去。

從高了幾階的地方俯瞰著她，艾因站穩架勢，準備保護少女們。

接著他們聽見許多腳步聲從階梯下方漸漸靠近他們。

「克莉絲小姐說得沒錯，若是從升降機下去，可能就被包圍了。」

若是沒有需要保護的少女們，那麼大概不會有任何問題。

「呼啊……呼啊……你們幾個快點！」

「是！」

在諸多聲音中，薩吉子爵慌張的聲音率先傳來。

隨著迴盪的聲音漸漸變大，腳步聲也隨之變大。本來冷清的空間一瞬間變了樣，全身上下的血液沸騰了起來，飄盪著即將開戰的亢奮。

「快點！房間的魔具已經被破壞了！肯定有人闖進了我的房——」

薩吉子爵帶著缺乏運動的身體，比任何人都還早爬上來。他站在樓梯間，全身上下充滿了汗水。

就在他還沒整理好紊亂的呼吸，想要繼續向上爬升時，察覺到上方的視線，身體不禁一顫。他戰戰兢兢地移動視線，看到金髮飄逸的美女（克莉絲）殺氣騰騰。

「妳這傢伙是前幾天的……」

「以防萬一我做個確認，您是薩吉子爵沒有錯吧？」

「給我讓開，我有事要去我的研究所。」

「我在房間深處看見耐人尋味的資料，那是您本人的東西沒錯吧？」

雖然克莉絲現在仍然用對待貴族的態度說話，然而她的視線宛如絕對零度般凜冽。

薩吉子爵露出猖狂的笑容，滿頭的大汗中混入了冷汗。

他始終保持一貫的驕傲，毫不隱瞞自己的狡猾。他舉起一隻手，讓他帶來的騎士們將注意力集中在他身上。

「雖然我不知道妳在說什麼，不過妳未經許可就闖入我的研究所是吧？那可是重罪。擅自踏入貴族擁有的空間，簡直荒謬透頂！」

「不，您可是觸犯了伊修塔利迦的法律，這樣的理論破綻百出。」

「我犯了法？麻煩妳別開玩笑了。」

「光是囚禁便已是重罪。我們就停止這毫無意義的爭論吧。」

接著薩吉子爵張開雙臂放聲大笑。

「哈——哈哈哈！妳該不會是看到我收留的少女們，才說我囚禁她們吧？我本來就打算明天帶她們到騎士值勤所。不過，你們幾個才是，該不會是最近很活躍的綁架犯吧？既然會偷偷潛入，就表示你們做了虧心事？」

就算沒有薩吉子爵的證詞，他們手上也已經握有足以逮捕他的證據。

不過看著不斷找藉口的他，艾因忍不住開口：

「那麼，我也想問問你。如果少女說你這傢伙侵犯她們，那麼你會承認自己犯法嗎？」

「精神錯亂的少女們不管說什麼都沒辦法當作證詞吧？」

已經夠了。他要抓住這兩個人，去研究所進行確認。

薩吉如此判斷後揮下了手，他帶來的騎士一齊奔上階梯。

不過，他們的對手是元帥——克莉絲汀娜．沃倫史坦。實力高於她的騎士僅有一位，那就是擔任國王辛魯瓦德護衛的羅伊德而已。

「——咦？」

一位來勢洶洶跑上階梯的騎士，其長劍從根部被斬斷，滾下了樓梯。

「你們對不該反抗的對手拔劍相向。換作是平常，就算人頭落地也是理所當然的事情，不過我們還有堆積如山的問題等著要問。」

所以她不取他們的性命，絕對不是因為慈悲。

「唔，喂！那傢伙剛剛做了……」

「不知道！但是我的劍也不知不覺……！」

「沒有第二次警告。若你們已理解，就放下武器投降吧！」

侍奉薩吉子爵的騎士聽見那聲音後不禁顫抖，回過神來便一個個放下了劍。之所以完全沒有詢問侍奉的主人意見，如此乾脆就擺出投降的態度，是因為他們察覺敵我之間的實力差距，已經超出他們的理解範圍。

還以為在失去戰力後，薩吉子爵會感到茫然失措，然而他卻仍保有活力。

「我知道了，我知道了。我應該要準備一個和你們這些傢伙好好談話的場合才對。」

他舉起雙手，表示投降——然而這是假動作。

「不過，不是現在就是了。」

薩吉子爵露出大膽的笑容，「咚、咚」地輕輕敲了敲擦得發亮的皮鞋鞋尖。

從鞋尖噴出的紫色煙霧往樓梯上方延伸，中途放下武器的騎士們吸到煙霧，每個人都緊抓著脖子，大口喘息。

不過，薩吉大概穿著有耐性的某種裝備，完全沒有一點痛苦的神情。

「子、子爵……！」

「不盡忠義的騎士一點價值也沒有——好了，我可記清楚你們這些人了，你們肯定會後悔。」

「不，你沒有第二次機會了！」

「可惜我就是有。還好我以防萬一有對策，可真是正確的選擇啊！」

樓梯間後方的牆壁突然崩毀了。

從瓦礫伸出的兩隻腳，其銳利又巨大的爪子體現了凶猛的性格，而艾因和克莉絲對那鮮紅的身軀有印象。

「是之前看到的雙足龍！」

艾因大喊後，薩吉子爵立刻跳出了牆壁。

薩吉子爵最後沒有說任何話，笑著抓住雙足龍消失在夜空中。

克莉絲急著想跑去外面，艾因卻開口：

「不行！飄散在空中的大概是瘴氣，妳不能過去！」

艾因急忙跳了出來，他按住克莉絲，對著空中飄散的瘴氣使用毒素分解。一眨眼，紫色煙霧散去，倒地的騎士們帶著痛苦的神情，抬頭仰望艾因。

「不要緊，你們會得救的。」

艾因用手觸碰每一位騎士，分解他們體內的毒素。他確認克莉絲以及少女們都沒有受到波及，於是感到放心了。

「雖然不由分說擊敗他直接抓起來或許就行了，不過這下也真相大白。」

「……對不起，讓他逃走是我的錯。」

「不是。是我想要問出情報而太過溫吞，責任在我。」

不過下次可不會手下留情——艾因緊緊握住手，下定了決心。

真正的終結與末路

隔天……不，整個伊思忒在深夜掀起騷動，這件事毋庸置疑。

騎士在王儲的命令下進入睿智之塔，收押了許多重要的證據。一早也前往相關各處進行了詢問，不過走遍伊思忒各處，始終找不到薩吉子爵的蹤跡。

突然行蹤不明的他，轉眼之間便被烙上了罪犯之名。

於差不多過了中午之時。

接到資料已備妥的聯絡，艾因在克莉絲的陪伴下，暫時離開騎士值勤所，前往奧茲所在的研究所。

「我去跟守衛談話。請您不要離開這裡喔？」

「我知道。我會乖乖待著……真希望妳不要用充滿懷疑的目光看我呢。」

克莉絲在看見他失笑的表情後離去。

此時，艾因突然想起懷裡的傳信鳥。昨晚因為太過忙碌沒有時間確認，拿出珠子後發現果然已經收到了回覆。

「或許時機算是剛好吧。」

他單手握著傳信鳥，向其注入魔力。

接著，庫洛涅不小心傳送出來的聲音化作了語音。

『好想快點見到你。我似乎……比自己想得還要耐不住寂寞。』

雖然和以往的訊息相比相當簡潔，其威力卻難以估計。

艾因不禁心跳加速，雙頰染上淺淺的緋紅。他像隻魚一樣不停張口又閉口，神情呆滯，腦中還浮現名為庫洛涅這位少女的臉，遲遲揮之不去。

「唔——得快點回覆才行！」

想當然爾，艾因猶豫了。

要回以宛如童話的甜蜜回應嗎？還是要叨叨絮絮將自己也在想同一件事的心意化作言語說出來？

不過，無論哪一種都讓他感到不貼切。

雖然他並不覺得自己想出來的言詞不好，然而最終他選擇了和庫洛涅同樣簡潔的話。

「我也是。我很快就回去了，希望妳能等我一下。」

此時他沒有回應「我也很想妳」，是因為他有些缺乏勇氣。

傳信鳥一如往常地閃爍蒼白色光輝，接著將回覆傳送到庫洛涅手上的傳信鳥。

克莉絲剛好在此時回到了艾因身旁。

「好像可以進去了……嗯？艾因殿下？您的臉很紅喔？」

「……發生了很多事。」

「呃……很多事？」

接著艾因便含糊其辭，並和克莉絲一同踏入研究所內。

一進到奧茲的房間。

歡迎兩人來訪的奧茲，馬上開始談論關於昨晚的事。

「沒想到竟然花幾天就解決了……」

奧茲太過訝異，半笑著讚賞艾因的行為。

「我想大概只是運氣好吧。畢竟契機是偶然誤入的貧民窟。」

「雖然這麼說也對，不過真了不起，不愧是被譽為英雄的大人。您找到的少女都送去孤兒院了？」

「是，有家的孩子回家了，剩下的孤兒則預定由都城的孤兒院收留。其中有兩位相當有緣，因此決定讓她們到王城當僕役見習生。」

艾因說的是芭蘭和梅。

「我之前就覺得她們相當聰慧，她們原本似乎是平民的樣子。」

「嗯……從平民變成貧民窟的孤兒？」

「母親去世之後用罄積蓄，似乎也找不到工作。聽說父親在她們小時候就**銷聲匿跡**，她們也不知道父親究竟人在哪裡。」

「雖然孤兒已年年減少，不過果然還是各有苦衷啊。」

氣氛變得凝重。

此時艾因又說出另一個令人鬱悶的情報。

「還有，幕後黑手似乎並不是薩吉。」

「嗯？也就是說，那個男人並非犯人嗎？」

「不是的，那傢伙確實是綁架事件的犯人，但是——」

今早，騎士值勤所捎給艾因聯絡。

「根據那傢伙身邊的騎士們所言，薩吉似乎是**接到某個人的命令**才去擄人的。從某個時期開始，他只把少年交出去，剩下的少女則留在自己身邊。」

「……有獲得幕後主使者的情報嗎？」

「很遺憾並沒有。對方的警戒心甚至比將孤兒運往睿智之塔時的戒備要更加嚴謹。」

除了還有幕後黑手這項情報之外，沒有獲得更多資訊。

「我猜測幕後黑手會不會就是赤狐。我懷疑不自然地被強化的雙足龍，會不會就是使用赤狐天生的力量和技術，硬是進行了強化。」

雖然有許多在意的事情，不過艾因能夠介入的就只到這裡。

他已經必須要回都城，且艾因也沒有必要參與這之後的搜查。大概也理解了這點，因此今後的搜查將全權交給騎士。

「艾因殿下似乎相當沮喪，不過您解決了綁架犯的事件。對像我這種住在伊思忒的人來說，實在感到非常感激。」

大概是為了轉換氣氛，奧茲這麼說著並遞給艾因一份厚重的信封。

「這些是關於赤狐的資料，也是我知道的所有情報。」

「謝、謝謝你！我可以稍微看一下嗎？」

「是，當然沒有問題。」

打開了信封後，艾因取出用繩子捆住的資料。

他看向第一章的標題。

「『關於赤狐過去出現的地點以及其移動路線的考察』……嗎？」

艾因吞了吞口水。

「突然冒出一份很厲害的資料呢。」

「至於內容您是否滿意就不一定了。」

話雖如此，看到奧茲露出明朗的笑容，便能看出他的自信。

艾因翻開寫著標題的頁面，當他看到下一頁密密麻麻地填滿頁面的文字與地圖時感到驚訝。

這就是所謂的分布圖。留有痕跡的地方會被標示在地圖上。

「這甚至可以說是遍布全大陸。」

「您說得沒錯。那份資料是當時在調查階段最費工夫的部分。不過，辛苦的並非我，而是承接我委託的冒險家。」

「這些情報都是請公會蒐集的嗎？」

「是啊。其實帶進公會的寶貴素材，都有要求進行情報保存的義務。我就是利用那一點，請冒險家幫我蒐集個體數稀少的赤狐情報。」

奧茲的調查方法讓艾因感慨，接著他再次看向資料。

「前幾天我拜見的魔石也是在這個調查中發現的啊。蹤跡遍布瑪格納和伊思忒，連冒險家小鎮巴爾特附近都有找到。」

還有沒什麼特別的農村地帶也有紀錄。

從這些情報來看，就算幕後黑手是赤狐在操縱薩吉也一點都不奇怪。

「老實說，我還以為牠們會生活得更隱密一點。」

「不分好壞，赤狐的性格就是享樂主義。可能是這樣的性格驅使牠們，也有許多相當自由自在的個體。有些個體勤勉地讀書，也有人因求知慾而去調查許多事情，有些個體則是拿起武器，精進武力。」

「原來如此，這可以作為參考。」

「難得都給您資料了，還說了這麼多話，真是不好意思。一不小心就會聊起天，是我這種年邁的研究學者常有的事。」

「沒那回事！我聽到了非常棒的情報。」

「是，能聽到您這麼說讓我寬心許多。那麼，這裡還有另一項資料。」

奧茲遞給艾因另一個厚重的信封。

「魔物化——話雖如此，大多都是關於魔物進化的資料。果然還是完全找不到如艾因殿下這樣的先例，說不定和這些資料相比，前些日子給您的那份資料還比較有助益。」

「不會！讓你費這麼多心，真的很謝謝你……！」

「您之後可以去造訪巴爾特看看。那邊應該有關於魔物進化更詳細的資料。和研究學者不同，冒險家的智慧也有調查的價值。」

「這樣啊……感覺巴爾特也會有赤狐的情報。」

「您說得沒錯，因此我認為這樣是一石二鳥。」

同意著奧茲的話，艾因非常想要確認剛收到的這份資料。

克莉絲對伸出手的他說：

「艾因殿下！我們差不多該回值勤所了……！」

「啊，已經這麼晚了？」

「傍晚必須出發前往都城才行，時間比較緊湊一些。」

她看起來一臉抱歉地向奧茲低頭。

「這次如此緊急來訪，十分感謝您協助王室的調查。陛下囑咐過必定要報答您，我想日後王城騎士會來訪，若能再耽誤您一點時間便備感欣慰。」

「雖然我也度過了相當有意義的時間，並不需要報酬……不過我知道了。」

聽到回應，艾因站了起來。

「那麼，奧茲教授，真的非常謝謝你。若今後還有機會再請多多關照。」

「哎呀……請稍等一下，其實我有一件伴手禮要給殿下。」

奧茲站了起來，走向書桌。

「這樣禮物並非由殿下，而是交給克莉絲汀娜大人恐怕會比較好。」

「我嗎？不過奧茲教授，這該不會是……」

「我想您應該已經猜到了，這就是前幾天讓您看過的其中一顆赤狐魔石。」

「但是……如此貴重的物品，我們真的可以收下嗎？」

面對克莉絲怯生生伸出手的樣子，奧茲則主動地將裝飾著黃金雕花的箱子遞給她，並率先說了一句：「不要緊。」

「所有的調查已經結束，而且這是殿下您們接下來調查事情時會需要的物品。」

真是位人品高尚的人。

十分慶幸自己來找這位男子。繼克莉絲之後，艾因也低下了頭。

「接受這麼多幫助，真的非常感謝……！」

「哈哈！殿下這樣的大人物可不能低頭啊。」

「不，這份恩情我絕對不會忘記。」

「能見到殿下，我也覺得十分充實。若是有朝一日能再相見，下次一定要悠閒地共享美食。」

「當然，到時候務必讓我兌現。」

艾因看了一眼時鐘。

「——抱歉，時間似乎到了。這麼匆忙真的不好意思。」

「不會。回都城的路上請小心。」

艾因最後再次低頭，並離開了奧茲的房間。

◇◇◇

似乎隨時會出發的列車在水上列車月台散發蒸氣，艾因與克莉絲兩人手上拿著行李，氣喘吁吁地跑向他們租下的車廂入口。

「喵嗚嗚！你們兩個，快點上來喵！」

率先上了車廂的凱蒂瑪打開窗戶，嘮叨地拍著車廂大喊。

「我、我知道啦！」

叮鈴鈴鈴——！

刺耳的鈴聲響起。

不妙！感到著急的兩人又加快了奔跑速度，好不容易在水上列車即將發車前乘上了列車。

「呼啊……呼啊……總、總算是趕上了呢……！」

「真是好險……不過，如果沒趕上就算了，我們就多觀光一天再回去。」

「真是的，不可以喔？會被大家罵的。」

「我知道。我只是隨口說說。」

克莉絲默默地遞出手帕，艾因接下手帕擦拭額頭的汗水。她也擦拭著自己脖頸的汗水。

「我去放行李，艾因殿下請先去休息廳吧。」

「我知道了，謝謝妳。」

走過車廂內的通道，一踏入休息廳，他便看見凱蒂瑪和迪爾兩人。

「真是的！真的差點就搭不上喵！」

「對不起嘛，因為有事情要告訴騎士。」

「喵？你說了什麼喵？」

「我希望他們能夠最先找出行蹤不明的薩吉。」

「原來如此喵。王儲親自叮囑，那可是大事喵。」

「就是這樣。」

沒必要站著說話，艾因和凱蒂瑪便面對面坐到了沙發上。

接著，迪爾詢問艾因：

「艾因殿下，需要為您拿點冷飲嗎？」

「啊～～……我要。那就麻煩你拿兩杯，還有克莉絲小姐那份。」

「在下明白了。」

迪爾帶著淺笑走向休息廳角落的吧檯。

由於車廂中只有艾因一行人，他們必須要自己準備飲料。不過，既然是貴族專用的車廂，貴族大多也會帶著僕役同行，因此也沒什麼好奇怪的。

接下飲料後，艾因一飲而盡。

「呼……復活了。」

終於鬆了口氣的他緩緩將視線移到窗外，便看見漸漸遠去的伊思忒。

「直到剛才都還在那個城鎮裡……甚至還潛入了那座巨大的塔中呢。」

望著漸漸遠去卻仍沉穩地佇立在那裡的睿智之塔，其大小完全是不同級別的。

真虧他們能在那麼巨大的建築物中，自下面一路沿著樓梯跑上去。艾因稱讚自己很了不起。

「喵，你順便加上還讓它停止運作這項事蹟喵。」

哈哈。艾因悠哉地笑了。

「真是的……充滿了預料之外的事情喵。」

凱蒂瑪帶著受不了的表情和語氣說完後，加了一句「這麼說起來」並改變話題。

「關於芭蘭和梅，我又租了另一個車廂喵。她們在那裡休息，要去看看情況喵？」

凱蒂瑪這麼說著，艾因便看向與自己過來時不同的通道。

「那條通道就是通往那個車廂的路喵。那條路也會通到餐車喵。」

不過沒有車票就沒辦法去別的車廂。車上設置的魔具有這樣的設計。

「就讓她們姊妹慢慢休息吧，外人就不打擾了。還有，凱蒂瑪阿姨。」

「什喵？」

「雖然有點遲了，不過謝謝妳幫忙準備衣服給被擄走的孩子們穿。迪爾也用古雷沙家的名字幫忙做了安排吧？真的幫大忙了。」

「喵哈哈！你不用在意那種事喵！」

「在下也是。若能幫到艾因殿下，在下別無所求。」

他真的有很好的夥伴。艾因露出微笑。

就在對話告一段落時，去放行李的克莉絲踏入休息廳。

「克莉絲小姐，迪爾幫忙倒了飲料喔。」

「真的嗎？我正好口渴了。」

如此說道的她向迪爾道謝。

「話說回來，凱蒂瑪阿姨。」

「喵？」

「奧茲教授送了我一個貴重的東西。第一天他讓我們觀賞的赤狐魔石，他送了我其中一顆……」

「你隨意地收了什麼來喵！」

凱蒂瑪以誇張的動作躺到了沙發上。

「有確實下封印喵？拜託你，千萬不要我一回過神來，就發現你吸收掉喵！」

「啊，不要緊的，魔石放在我的房間裡，而且似乎還有瑪瓊利卡先生施加的封印。」

「……那就好喵。艾因，就算你想要去夜襲克莉絲，今晚也要忍耐喵。」

「不，我不會這麼做啦。」

看著兩人你一言我一語，苦笑的克莉絲臉上浮現一抹紅暈。雙手握著玻璃杯，邊喝邊遮住了臉龐。

凱蒂瑪的肚子「咕嚕咕嚕——」地發出了聲響。

「不是喵。」

「咦？什麼？」

「這不是我肚子餓了，應該說是類似興奮到發抖之類的其他原因喵。」

凱蒂瑪一邊乾笑著一邊撇過臉，並聳了聳肩。

「呃，不知道妳想表達什麼……時間正好，我們四個人一起吃頓晚餐吧。要去餐車也很麻煩，就點客房服務吧。」

艾因說完後，馬上想起芭蘭和梅。

「話說回來，也得幫那兩人點晚餐才行。」

「不，不要緊喵。其實梅一直餓著，所以早早就讓她們吃過喵。」

「那麼不要打擾她們比較好。」

「我有告訴她們若發生什麼事就叫我們，不用擔心喵。」

四人在寧靜的氣氛中享用了晚餐。

之後他們在休息廳邊談論在伊思忒發生的事情邊休息，搭乘水上列車的時間緩緩地過去。

◇◇◇

艾因一行人搭上前往都城的直達車後，過了幾個小時。

望向窗戶外頭，天空裏上深藍並撒上砂金般的夜景映入他眼中。

在與都城相比氣溫較低的這個區域，此時觸碰窗戶便感到寒冷。

「也就是說喵，根據奧茲教授給的魔物情報……」

坐在沙發上的凱蒂瑪手上，有離開伊思忒前奧茲遞交的資料。並非赤狐的情報，而是與艾因魔物化相關的資料。

「嗯，魔物擁有的天生意志，似乎並不會因為進化改變。」

「嗯……那麼艾因至少不會失去自己的意志喵。」

「咦？那麼魔物化不就已經——」

「這只是建立在艾因的魔物化等同於進化這種情況喵。」

「啊——意思是還無法斷定沒問題啊……」

「嗯！畢竟這是史無前例的症狀，必須好好調查，確定不會再次陷入昏睡才行喵！」

也就是要繼續進行調查。

聽到凱蒂瑪的話，站在附近的克莉絲與迪爾點頭同意。

「根據奧茲教授的話來看，下一站是巴爾特喵？不只是關於艾因的身體狀況，如果也能調查赤狐，那就是一石二鳥喵。」

「嗯，是這樣沒錯。」

「等到艾因的身體穩定下來，說不定赤狐的調查就會變成主軸喵。畢竟如果在薩吉背後的就是赤狐的話，也就證明那些傢伙直到現在，仍在伊修塔利迦圖謀些什麼喵。」

聽了她的話，車廂中的人們都用奇妙的表情點著頭。

這是必須要和艾因的身體狀況同時進行調查的事項。

「就是這樣，差不多該睡喵。」

在沙發上打哈欠的凱蒂瑪站了起來。

時鐘的指針指向半夜一點。雖然在伊思忒發生了許多事，不過他們也實在聊太久了。

「我也要睡了——啊，已經來到那座大橋了。」

望向窗外，水上列車正好跑在河川上方。

他們此刻在被譽為伊修塔利迦最長的巨大橋梁上。這是艾因去程時聽克莉絲說過的事。

雖然那時沒有注意到，不過過了橋後靠都城的這一邊，是一片平緩的丘陵地帶。

突然間，映照著銀河的水面浮現泡沫。

（有什麼東西在下面嗎？）

就在艾因站到窗邊的剎那，水上列車突然踩了煞車，車輪和鐵軌發出淒厲的摩擦聲。

「唔——！」

「艾因殿下！危險！」

艾因的身體被狂奔而來的迪爾支撐住。

「謝、謝謝！」

「不敢當。不過，剛剛的煞車究竟是……」

休息廳中的傢具似乎也被劇烈晃動，桌上的玻璃杯掉到了地上碎成一片。

「我也沒事喵！」

凱蒂瑪由克莉絲支撐，平安無事。

「似乎發生了什麼事，我稍微去問問。」

「嗯，麻煩喵，克莉絲。」

「等等！我也去！感覺也沒睡意了。迪爾，可以麻煩你照顧凱蒂瑪阿姨嗎？」

「是、是的……與其說照顧，在下會作為護衛隨侍在側。」

艾因和克莉絲一同披上斗篷走到車廂間的通道上，那裡果然也十分吵鬧。他們前進了一會兒，就在快到餐車的地方，騷動變得更加激烈。

一位看起來像是車掌的男子正在向乘客說明。

「目前緊急停駛！我們接到聯絡，駕駛員說有巨大的魔物從眼前閃過！」

艾因與克莉絲聽著他緊繃的聲音。

「我接獲的說明是目擊到有某種巨大的魔物閃過眼前，並飛翔在天空中！」

「那為什麼不快逃啊！」

「因為魔物飛行的路線擋住了去路！」

艾因剛到餐車，便發現事態超乎他的想像。

他看向站在身旁的克莉絲，將心中的想法說出口：

「魔物的目標是我們——關於這種可能性，妳怎麼想？」

「真巧，其實我正好也在想一樣的事情。」

在睿智之塔逃脫的傢伙來了。

「只要我們離開這裡——」

「不可以！這種橋上沒有其他可去的地方！而且若是追著我們來，那麼出現的魔物一定……」

克莉絲才剛說完。

嘎——嘰噫噫噫噫……！尖銳而巨大的鉤爪緊緊抓著車廂屋頂並發出聲音。

不久，車廂左右的窗戶破裂，外面冰冷的空氣吹過了車廂。

「雖然我也希望不是，不過這簡直像是在叫我們出來一樣。」

接著克莉絲小聲說道：

「我、我可不打算把艾因殿下帶到外面去喔！」

「妳在說什麼啊。被盯上的不只是克莉絲小姐，我也是啊。無論人身在何處都沒有差別。既然這樣，那我要選不波及到其他乘客的方法。要是整個車廂都沉到水裡，可是會犧牲許多生命的。」

語畢的艾因馬上靠近窗邊，環顧外頭。

「這位客人！很危險的！」

車掌制止著他，不過現在沒有時間了。

一陣強風突然將艾因與克莉絲的斗篷吹落，兩人隱藏在底下的臉暴露在大眾眼前。

看見兩人的長相，大家都因為過於震驚而瞪大了眼。

「不用擔心，我們不會有事。」

出現在眼前的是成功討伐海龍的英雄。

而在他身旁的女性幾乎沒有人不認識。那是剛就任新元帥的騎士，克莉絲汀娜·沃倫史坦，她正是伊修塔利迦騎士的頂點。

大家沒有時間對兩人的出現感到疑問，打從心底感到可靠。

「克莉絲小姐，先去轉告迪爾吧！」

猛然衝出餐車的艾因與克莉絲，跑過與餐車相同，窗戶的玻璃碎片灑滿地面的通道。

幸運的是迪爾聽見了剛才的聲音便衝了出來，正好與他們遇上。

「艾因殿下！我們似乎被什麼襲擊了！」

「我知道！迪爾陪在凱蒂瑪阿姨身邊……不，希望你能把人聚集到芭蘭和梅的房間一起護衛！」

「是……是的！但是，艾因殿下呢？」

「那個……我認為魔物的目標是我和克莉絲小姐，所以……」

聽了艾因的話，迪爾摸清了一切，皺起了臉。

看著艾因臉上毫不動搖的決心，他像是有所放棄地對克莉絲說道：

「克莉絲大人，艾因殿下就拜託您守護了……！」

「是，我知道！」

與狂奔離去的迪爾方向相反，剛剛制止艾因的車掌跑了過來。

「請稍等！殿下！」

不過艾因並沒有聽從。

「我有事拜託你。我們會去外面集中敵人的火力，所以列車如果可以前進的話，我希望你們能儘快啟動列車。」

就像艾因剛才對克莉絲做過的說明，若是不開走，最慘的情況就是魔物將整輛列車都沉到水中。

艾因在說話的期間，也同時將身體探出玻璃破裂的窗外。

「要是有什麼狀況，就告訴我的護衛迪爾！走吧，克莉絲小姐！」

他輕盈地跳出車廂，距離屋頂還有幾位大人的高度。

艾因伸出幻想之手向車廂上方前進，另一方面，克莉絲則輕盈地踏著鐵軌跳了上去。

「請您不要用和打倒海龍時一樣的方法戰鬥喔？」

「我知道啦──妳看，果然在。」

以夜空為背景，一頭雙足龍帶著唯我獨尊的表情張開了翅膀。

那被星光照亮的軀體覆蓋了好幾層紅色鱗片，左右張開的巨大翅膀浮現粗大的血管。隆起肌肉的身軀膨脹了起來，比前幾天要更加健壯。

布滿血絲的巨大眼球骨碌地轉動，居高臨下地瞪著兩人。

半開的嘴邊露出尖銳的獠牙，吐出的氣息因為體內的熱度化為白煙。

「咕嘎嘎嘎嘎嘎嘎嘎嘎嘎嘎嘎嘎──！」

怒吼響徹天空，這份緊張刺痛著兩人的肌膚。

「在魔物競技場時明明很害怕我……牠的情況很明顯不同！」

「我們快點讓牠解脫吧……！」

兩人拔出了劍。

接著，突然下降的雙足龍用兩隻腳鎖定了目標。

「嘎嘎嘎嗚！」

銳利的爪子瞄準了艾因。

迅速挺身而出的克莉絲瞇起雙眼。

「不會讓你得逞──！」

她不斷擊出肉眼追不上的刺擊，直取雙足龍逼近的利爪。爪子沒有粉碎，卻也出現了深深的裂痕。
雙足龍發出痛苦的尖叫，震耳欲聾。
爪子的碎片飛來，稍微割傷了克莉絲的耳朵。
「不愧是克莉絲小姐！」
「不、不……我是以擊碎爪子的力道在攻擊的！」
然而卻只出現了裂痕。
她自傲的護手禮劍十分鋒利，而且還是以特別輕盈的貴重金屬——祕銀製成的逸品。
那是能夠一擊砍倒普通魔物的武器。
「嘎嗚——咕嗚嗚……」
降落在屋頂的雙足龍出聲威嚇。
接著列車發車，兩人用力踩穩屋頂。
噹……噹……
水上列車奔馳在鐵軌上的聲音迴盪於四周。
「牠還是像之前那樣畏懼我，對我來說會比較方便呢！」
艾因的背上總共出現六隻幻想之手。
（為了讓牠沒有時間對車廂下手，我和克莉絲小姐要不斷進攻才行。）
嘶……艾因大大地吸了一口氣。
「一瞬間……我會遮住雙足龍的視線一下，兩個人再同時攻擊吧。」
「視線？啊啊，您要使用那個力量！」

「就是這樣！」

艾因使用技能「濃霧」，被風吹拂的霧氣僅有一瞬包覆了雙足龍的身體。

「趁現在！」

「是！」

率先奔出的艾因張開幻想之手，束縛著雙足龍的翅膀。

「克莉絲小姐！」

克莉絲的護手禮劍直直刺向雙足龍毫無防備的胸口。

一次、兩次、三次……接連不斷的攻擊在牠身上開了洞，噴湧而出的血柱將兩人的衣服染成紅色。

「嘎嘎嘎嘎——！」

「還沒結束……！」

雙足龍拼死抵抗，艾因則皺起了臉。

「唔……原來你的力氣這麼大嗎！」

不過，他撐得住。

「我體驗過更強大的魔物抵抗……！雖然很抱歉，不過在打倒你之前，我不打算放手！」

這和海龍的抵抗相比不足掛齒。而且現在身邊還有克莉絲。

艾因注入更多魔力在幻想之手中——然而……

「該死！」

雙足龍猛然揮動尾巴抵抗。

「請您暫時先放開牠吧！已經攻擊夠多次了！」

「我知道了──唔！」

在尾巴直擊自己之前，於千鈞一髮之際以幻影之手擋下攻擊的艾因騰空飛起。

再這樣下去恐怕會掉到水裡。跑在橋上的水上列車周遭依然是寬闊的河川，水面雖然平靜，不過若是浸泡到冰冷的水中，肯定會馬上被奪走體力吧。

「嘎啊──────！」

雙足龍轉向騰空飛起且毫無防備的艾因。

高舉雙翅，上面的血管浮起，宛如氣球般的肌肉襲向了艾因。

不過，克莉絲就在雙足龍毫無防備的背後。

「可不能忘了我喔！」

她的攻擊刺向了雙足龍的尾巴前端。

「咕嗚嗚──！」

「這個部位還真是相當柔軟呢！既然如此！」

神速的刺擊接連不斷。

隨著裂開的聲響，尾巴的傷口不斷擴大，尾巴終於被砍斷的雙足龍痛苦落地。

「謝謝妳，克莉絲小姐！」

艾因使用幻想之手回到克莉絲的身邊。

夜風猛烈地吹拂兩人的臉頰，車上的戰鬥暫時迎來了平靜。

「您沒事吧？」

「不要緊，我完全沒問題。」

克莉絲鬆了一口氣，看向雙足龍。

「不過……牠實在太耐打了。」

兩人眼中映照著雙足龍被開了好幾個洞的胸口。明明流出了大量的體液，氣息變得紊亂，卻仍讓人感到十足的活力。

「果然不尋常……！」

克莉絲的額頭浮出汗水。

「不過，打得贏。只要重複相同的攻勢，削減牠的體力就行了。」

「是啊，必須想盡辦法打倒牠！」

到這裡為止確實都很順利。

但是……

「咕……嘎啊啊————————！」

牠用力張開雙翅，雙臂朝天舉起，雙足龍的傷口散發出蒼白色的光輝。

難道說——正如他們所想。

克莉絲留在牠身上的傷完全復原，沒有留下任何傷痕。

「——嘎嘎！」

傷口復原的雙足龍立即看向海中，露出畏懼的神情。不過艾因和克莉絲沒有餘力注意到這一點。

「不會吧……？傷口治好了！」

「我、我從來沒看過能做到這種事的魔物……！」

「這種魔物要怎麼打倒——」

一想到無計可施，艾因馬上感應到雙足龍的魔石氣息，位置在額頭。確實感應到魔石的氣息了。

不過，雙足龍同時伸出比之前還要銳利的爪子。

不知不覺間，牠全身似乎又大上了一輪。

「克莉絲小姐！就是那裡！只要打破額頭的魔石就結束了！」

「額頭嗎？似乎會費一點工夫……不過只有這個方法了。」

問題在於要由誰去打破魔石。

（克莉絲小姐的護手禮劍，或是我的幻想之手。）

艾因在猶豫該選哪一邊。

最後他選擇可說是伊修塔利迦中最強的騎士——克莉絲，賭上其擁有的精練劍術。

與之相對，艾因決定用別的方法戰鬥。

「欸……克莉絲小姐若是凝聚力量，能夠擊出強烈的刺擊嗎？」

「若加上風魔法的話做得到——」

「那麼我就挺身而出吧。我想把最後一擊交給克莉絲小姐。」

他很擅長肉搏戰。

在學園以猩紅野牛為對手，而實戰曾與海龍激烈搏鬥並獲得勝利。

看到宛如蜘蛛網般向外伸出的幻想之手，雙足龍像是被刺激般靠了過來。

「嘎嘎嘎嘎！」

「之後的攻擊時機就交給克莉絲小姐決定！」

「啊，等等……艾因殿下！」

「我在比力氣方面可很有自信喔，雙足龍！」

他用幻想之手對抗在翅膀前端強調存在的鉤爪。

剩餘的幻想之手則纏上翅膀，並為了防止雙足龍跳開，一併將牠強壯的腳束縛。

雖然雙足龍為了接近他們而施力，不過無論再怎麼強化，都比不上更強大的災厄——海龍。

比當時更加成長的艾因，實際上還有幾分從容。

問題在於戰場不好。

一不小心大意，可能就會失去平衡墜入水中，好不容易僵持的肉搏戰也會迎來結束。

「怎麼了？雙足龍……！那點力氣可是打不倒我的！」

艾因挑釁般的語氣是為了提升自己的士氣，他心中絕對沒有一絲輕敵。

「嘎嘎嘎嘎！咕嗚嗚嗚嘎嘎嘎嘎嗚！」

大概是察覺自己沒辦法在力氣上取得優勢，雙足龍伸長了脖子張開嘴。牠露出尖牙，嘗試要咬碎艾因，卻因為幻想之手的束縛而無法拉近距離。

不知是否因為亢奮，艾因的呼吸變得紊亂。

「呼啊……呼啊……不要緊，做得到……！」

「嘎啊！咕……嘎嘎嘎嘎嘎嗚！」

於是艾因感覺到背後凝聚了風。

和行進方向相反的風吹拂著。像這樣說出來也過於異常的情況下，艾因確實感受到風正朝反方向吹。不需要用眼睛看，他也能推測出那陣風集中在克莉絲的護手禮劍上。

風漸漸變得銳利，刺激艾因肌膚的風讓他感到有點疼痛。

不久，克莉絲的身影伴隨著高喊奔過艾因身旁。

「謝謝您爭取時間。我做好能確實收拾掉牠的準備了——！」

「嗯！剩下的拜託妳了！」

克莉絲跳了起來，右手的護手禮劍劍身變得朦朧。

那裡圍繞著強烈的**魔風**，光是觸碰到雙足龍，便能將其斬開吧。

對此感到畏懼的雙足龍不禁把臉從艾因身上移開，看向克莉絲。

必須要把這傢伙咬碎才行。牠大概本能察覺到了。

「抱歉，但我不會讓你這麼做的……！」

不過，時機已到。

艾因在直到現在為止的戰鬥中，都拚命地專心於攻略雙足龍。

一直到剛剛仍束縛著翅膀的幻想之手鬆開，纏上了雙足龍的脖子將其固定。

「咕嗚！」

感覺到脖子被用力勒緊，困惑的雙足龍感到驚慌失措，身體不禁踉蹌。

「你真是隻悲哀的雙足龍。對不起，若是要救你，我們只能這麼做了——！」

雙足龍最後看見的是一雙溫柔的眼。

對不起。克莉絲向牠賠罪。沒有餘力抵抗女神般的慈悲，護手禮劍便十分順利地深深刺穿了牠。

「嘎……嘎……嘎嘎……」

牠應該毫無痛苦地斷了氣。

一陣強風吹來，甚至波及了附近的水面。艾因看向雙足龍的額頭，一個剛剛還不存在的巨大空洞映照在他眼中。

列車不久後因為強風停了下來。

雙足龍靜靜地倒在車廂的屋頂，其亡骸因為自己的重量，默默地滑落河川之中。

被奪去自由且受人操縱究竟是什麼樣的感覺？雖然贏了這場戰鬥，艾因的心卻蒙上陰鬱。

「艾因殿下。」

「啊，那個……真是厲害的一擊呢，克莉絲小姐。」

「呵呵，謝謝您。這都是多虧了艾因殿下喔。」

「啊～～真的好累喔。」

「啊哈哈……我也是，甚至累到已經想去泡個澡，早早上床睡覺了呢。」

「我也是。總之，既然已經打倒雙足龍，差不多該——」

回去裡面吧。正當他想這麼提議的瞬間……

水面大大升起。

大概是因為剛剛的戰鬥，兩人的思緒都相當敏銳，便同時想起了那句話。

薩吉在旅館脫口說出「馴服雙足龍及海怪」，再加上這裡是水上。雖然他們打倒了雙足龍——

「那個該死的子爵！」

幾隻比艾因的幻想之手還要大的觸手，從升起的水面伸了出來。

「原來雙足龍剛剛會害怕，是因為海怪接近了嗎……！」

伸來的其中一隻觸手抓住剛才打倒的雙足龍亡骸。牠馬上將其用觸手拋起，接著亡骸便被浮現於另一頭水面上的巨口吸了進去。

下個瞬間，前方的鐵軌被觸手破壞，列車失去了離開橋的出路。

「艾因殿下，看來還需要再努力一次。」

「嗯，大小也和克莉絲小姐說的差不多，就算沒有武器似乎也有辦法處理。」

到頭來，還是戰場的問題。

「該怎麼攻擊才好？」

「只能切斷伸來的觸手了。比如……」

海怪的觸手靠近艾因身後。

「就像這……樣！」

那肉眼無法捕捉的神速，在艾因的臉旁閃過一瞬間的光芒。

回過頭，映照在艾因眼裡的是已經被刺傷好幾處的觸手。

「若我們來不及處理，牠應該會試圖將整輛水上列車都拉進水裡！」

克莉絲這麼說著，纏繞了風的護手禮劍砍向一旁。

海怪的觸手被切斷而落下。

「如果演變成那樣，我會用和海龍同樣的方法打倒牠。不過，得努力不要讓局面變成那樣呢。」

艾因的心跳不悅地加快，不過就算只有表面上顯得沉穩也好……他冷靜地開口。

接著艾因發現行進方向前方的丘陵上，有一輛馬車停在那裡。

「……薩吉！」

薩吉做作地甚至專程準備了營火，坐在椅子上。看到他手上拿著酒杯望著這裡的情景，艾因感到怒火中燒。

「那個男人，果然有怪癖呢。」

「而且又那麼狡猾，性格真是適合做壞事。」

「是啊……此刻讓海怪來襲擊，也讓人感到性格惡劣。」

「雖然我還挺從容的。」

「呵呵……艾因殿下真是的。不過您的表情看起來似乎有些疲憊喔？」

「克莉絲小姐也一樣啊。」

兩人輕鬆地交談，並將注意力放在從橋下伸上來的觸手上。

早知道就拿更大把的劍來了。艾因在心裡嘀咕，用力地握緊了劍。

「——我借你吧？」

他的腦中響起了聲音。

那是個和前幾天的「不要緊」截然不同的男性聲音。

這一定是杜拉罕的聲音吧，不過沒有邪惡的感覺。嗓音低沉，給人沉穩且成熟的男人印象。

之所以會讓艾因感到安心，大概是因為他的表現就像死靈巫妖答應艾因的一樣吧。

（不過，我不打算那麼輕易就依賴你！）

他無聲地在心裡回覆，接著聲音的氣息就此消失。

「克莉絲小姐！最後再撐一下！」

「是！」

就在他們鼓起幹勁不久，海的方向出現了巨大的搖動。

能看出有兩隻魔物來勢洶洶地游了過來。

「海怪該不會有三隻吧？」

「……畢竟薩吉並沒有說他只飼養了一隻。」

「原來如此，意思就是有可能啊。」

情況糟糕也該有個限度。

他們的戰場本來就已經不便於戰鬥，根本一點也不願想像竟然有複數海怪襲來。

雖然不想思考，不過可能會造成列車乘客出現傷亡。艾因無法遏止腦中出現這樣的想法。

看來真的只能依賴杜拉罕的力量了。他緊緊抿著唇。

「只剩下這個方法……」

總比什麼都不做要好。

艾因帶著覺悟，俯瞰本該在下方的觸手。

「……奇怪？」

觸手沒有襲擊橋或列車，而是為了保護海怪自身，在水中蠕動。

艾因感到疑惑，克莉絲也隨之露出詫異的表情。

「那個……情況好像有點不對勁呢。」

「牠突然怎麼了……」

兩人頓時有種撲空的感覺，不過他們馬上就明白了理由。

嘩啦——他們看見宛如海豚在水面跳躍的影子。

「啾嚕！」

竟是令人熟悉的聲音。

不只是聲音，那模樣簡直就是應該在都城的雙胞胎，緊接著另一頭也跳出了水面。

該不會雙足龍害怕的其實是雙胞胎吧？

比起雙胞胎為什麼會來這種事，艾因被海怪的模樣吸引了注意力。

「該不會牠是在害怕那對年幼的雙胞胎？」

「是啊……雖然海怪被稱為海之暴君，不過牠唯一的天敵就是海龍。」

「不不不！但牠們還是小孩子啊！」

克莉絲顯得一臉從容。

「不要緊，那些孩子面對海怪也不會有問題。艾因殿下也曾看過吧？遠足回都城的路上，海怪毫無抵抗之力就被掠食的情景。」

「雖然是看過……但是……」

那是因為那隻海龍是成體了吧？

「啾！啾！」

「啾嚕嚕……！」

站在車廂屋頂的艾因和雙胞胎對上了視線。

看見久別的父親，雙胞胎高興地在水中轉圈圈，模樣十分可愛。而海怪在牠們附近表現得十分害怕。看起來只像是場鬧劇。

海怪不知不覺地伸出了一隻觸手。

對著雙胞胎伸出的觸手，看起來像是海怪拼死在抵抗。

艾因覺得有些無力，直接坐在了車廂屋頂。

「我現在在思考要怎麼辦。」

「我們看看情況吧。如果牠要攻過來，我們只要處理掉牠就行了。」

如此說道的克莉絲坐到了艾因身旁。

「啾！」

看到姊姊愛爾迅速地游在觸手周圍，沒過多久觸手便被俐落地切了下來。

「——！」

海怪發出不成聲的喊叫，雙胞胎則在牠附近迅速咀嚼起剛切斷的觸手。

「嗚哇……」

慘不忍睹。

仔細一看，水流以海怪為中心流動，看來牠已經無法逃離雙胞胎身邊了。

「那就是真正的海流啊。」

因為水流被操縱，導致海怪無法逃脫。

「我之前曾聽說海龍出現時海怪會減少。有種說法顯示，海怪是海龍最喜歡的糧食。」

「有一種『還什麼暴君啊』的感覺呢……」

回過神來，海怪其他的觸手也被切斷，已經被雙胞胎納入腹中。

看來已經不要緊了。艾因這麼想著並站起身來。

「我們去抓犯人吧。」

語畢，克莉絲點了點頭便跑走了。

「就如庫洛涅所說呢。」

在海港約會那天，她曾說過雙胞胎或許會來幫助他。

現實完全符合她說的情況，這讓艾因不禁笑了。

「很快就能見到面了。」他思念著遠在都城等待他歸來的庫洛涅，抬頭仰望夜空。

◇　◇　◇

艾因追上克莉絲時，被倒在平緩丘陵上的馬車嚇得目瞪口呆。

幾位侍從和騎士已失去意識倒在地上，薩吉被克莉絲的護手禮劍指著，完全不容一絲抵抗。

營火大概是在克莉絲攻擊慌張的薩吉時熄滅，現在只剩一縷輕淺的細煙裊裊。

薩吉趺坐在沙子較多的草地上，沒有看向對他露出冰冷目光的克莉絲。

「……不愧是妳。」

看到薩吉一瞬間被壓制的情景，甚至讓艾因感到好笑。

他回想克莉絲破壞雙足龍腦袋的一擊，體認到克莉絲真的是位強大的騎士。

「薩吉，我們要帶你進牢。」

「讓身為子爵的我？進牢房裡？真是少胡扯了。」

「我沒有一句話是在開玩笑。我們會直接把你帶到都城。」

「罪名是什麼？若你想處罰貴族，必須要有相應的發言力才行啊！」

風吹動草地，掀起了土壤的氣味。

薩吉無所畏懼地笑著，在這種情況下還如此大言不慚的這名男人，實在讓艾因感到佩服。

「而且你這從不露臉的小男孩到底是誰？」

雖然他現在沒有披上斗篷，不過大概是因為站在星光照不到的角度，艾因的臉處於一片黑暗之中，讓薩吉看不見長相。

克莉絲則是在和雙足龍戰鬥時，被牠的血反濺了一身，頭髮也相當凌亂。

因此，他恐怕連克莉絲的身分都沒搞清楚吧。

畢竟在伊思忒，他也僅僅只在一瞬間看過她的長相。

艾因走近他，光線照耀的角度改變。他的臉在星星的光輝下一覽無遺。

「你是貴族，那麼……你對我的臉有印象吧？」

那是當然的。

不可能會有貴族認不得王儲的長相。

薩吉因為過於衝擊的事實，頓時變得像魚一樣，嘴巴開開合合。

「回答我，你記不記得這張臉？」

「……是。」

「你的罪狀多的是，等回到都城再交代這一切吧。」

只能束手就擒。

雖然他完全無法理解為何王儲會出現在這種地方，不過現在只剩放棄這條路，這件事還能夠理解。

看著垂頭喪氣的他，艾因和克莉絲確定騷動結束了。

「話說回來，對你下指令的人為什麼要你當人口販子？」

「——這就是那位大人的期望。」

「那位大人的？」

「我成為那位大人的爪牙擄人，而那份報酬……我已收下……」

薩吉的聲音突然變得斷斷續續。

「我是……我是我唔我……唔……嗚嗚……！」

他突然痛苦地倒在地上，看起來彷彿要窒息一般撓著脖子。

轉眼間，他的臉染上了濃郁的紫色。

「唔嗚……啊啊……救救——」

最後，他對著艾因流下血淚並呼救。

艾因還來不及伸手，薩吉便睜著眼斷了氣。這情景實在太過淒慘，回過神來，薩吉的侍從們也同樣斷了氣。

「這大概就是……斷尾求生吧。」

克莉絲說完話，將護手禮劍收回劍鞘中。

「我們聯絡附近的城鎮吧。不只這些去世的人們，還要請人處理毀壞的橋。」

她靠近一臉茫然的艾因身邊，溫柔地說道。

彷彿要安撫受到衝擊的他，克莉絲牽起他的手，拉近兩人的距離。

不要緊。還有我在。

雖然沒有說出口，艾因卻覺得她彷彿在這麼告訴自己一般，逐漸冷靜了下來。

接著……

「啾——！」

「啾嚕嚕！」

熱鬧的叫聲從鄰近的河邊傳來。

「艾因殿下，牠們似乎在大喊『爸爸～～！』地叫著您呢。」

「是啊。牠們專程過來幫忙，得向牠們道謝才行。」

「呵呵，多虧牠們，真的幫了大忙。」

「不過，有一點我很在意。」

兩人走到河畔，艾因摸了摸雙胞胎的頭。

「雖然我很高興你們兩個過來，不過你們是因為有海怪這隻喜歡的食物才過來的？還是純粹感應到我的氣息才來這裡的？」

「啾～～？」

「啾嚕嚕！」

「喂，別裝傻了，快回答我！」

「噗……艾因殿下，您不可以生氣喔？我想雙胞胎一定只是像到牠們的父親罷了。」

「不不不！那不就是在說我嗎？」

不管理由是什麼，趕過來的雙胞胎確實幫了大忙。

「說不定牠們有聽誰提起，艾因殿下就快要回去了。」

「如果真是因為這樣就跑到這裡來的話，那真的很厲害……」

艾因說完這句話，確認了一下水面。

看到被吃剩的海怪殘骸，他再次確認剛剛的一切根本是單方面的殘殺。

最終，知道了騷動的結局後，迪爾和凱蒂瑪從列車上趕了過來。

雖然結束方式不乾不脆，不過看著跳不過斷裂大橋的凱蒂瑪，艾因和克莉絲兩人不禁悄悄地發笑。

◇◇◇

同一時刻。

單手拿著盛裝鮮紅色紅酒的玻璃杯，他一邊眺望放在桌上的赤狐魔石，一邊沉浸在歡愉之中。

「啊啊——父親，今天真是個好日子！」

他這麼說完便一口氣將紅酒喝光。

「那個男人借助了我的力量，卻還做出卑賤又粗野的事。明明我為了自己的研究，大發慈悲利用了他，他卻被慾望蒙蔽了雙眼。」

接著用臉頰磨蹭著魔石。

「而且，那顆骷髏母狐狸的魔石終於脫手了。啊啊，真是美好的日子啊！英勇又美麗的王儲也那麼出色。父親啊，他是位如您一般美麗的人。」

伸出舌頭舔拭魔石。

「真令人興奮……沒錯！現在簡直像是殺了在您身邊的母狐狸時一樣！也像是那之後，全身沐浴在您的鮮血當中時一般！就是如此令人高興啊——！」

時而用臉頰磨蹭，時而伸出舌頭舔拭，時而嗅聞魔石的香氣。

「呼啊……呼啊……」

發燙的臉和快速的心跳，以及集中在下半身的大量血液，開始漸漸平靜下來。

「這是您賜與我的幸運嗎？心愛的父親！」

他用充滿戲劇性的態度繼續說著：

「啊啊啊！我可不能呆站在這裡！這股熱血沸騰無法遏止！不斷撩撥我求知慾的王儲殿下！我真想看看那張臉扭曲的模樣！不，不行……如此美麗的存在，我必須要好好愛撫才可以……竟然想用如此扭曲的愛慾面對他，褻瀆也該有個限度！」

將酒瓶中剩下的紅酒一飲而盡。

喘息著揉亂頭髮，帶著無法聚焦的雙眼露出了笑容。

叩、叩。

房間的門被敲響了。

「進來。」

冷靜的聲音宛如變成別人一般。敲門者聞聲後靜靜地打開了門。

「打擾了。關於睿智之塔的事情，騎士詢問您是否可以請教一些事情。您要如何應對？」

「請幫我回覆他們，明天我會前往值勤所。現在馬上去吧。」

接著，前來的人向他低頭致意。

「我明白了。那麼不好意思打擾了——**奧茲主任教授**。」

他這麼說道。

尾聲

不知道是因為最近的生活比較不規律，還是因為薩吉的事件，艾因和克莉絲兩人沒能睡著。鐵軌需要一段時間才能修好。

回到水上列車的兩人最先做的事情就是去沖澡，把身體給洗乾淨。

兩人簡直像是約好似的在休息廳重逢。

「克莉絲小姐也睡不著啊……呃，妳的打扮……」

「那個……那個那個那個……不是的！是因為沒有辦法穿其他衣服，所以才會穿上以防萬一帶來的衣服——！」

一頭保養得當的金色長髮豪邁地散落在克莉絲腦後，展現出與平時不同的魅力。

她穿著鮮紅色長禮服，強調那收緊的細腰、嬌小的翹臀，以及圓潤且形狀美好的胸部，修長的手腳彷彿隱隱帶著魅惑。

平時看起來清純又不懂男女情事的她，唯有現在散發出性感的豔麗。

她害羞地扭動身子，挺起了胸部。這個動作透露出克莉絲平時的氛圍，也讓艾因感到放心。

「我覺得很適合妳喔，妳不用那麼害羞沒關係。」

沒有任何感言也很失禮吧。

這身打扮不適合——他尤其想避免克莉絲如此誤會。

「那個，謝謝您……您、您要喝點什麼嗎？我馬上為您準備！」

艾因像之前一樣坐到吧檯的其中一個位子，克莉絲便立刻拿著飲料來到他身旁。

「艾因殿下也睡不著嗎？」

「嗯，總覺得精神很好。」

「是啊，其實我也是。」

她微傾著頭笑出聲。這身服裝將克莉絲襯托得猶如女神。

「不嫌棄的話，要不要乾杯呢？雖然發生了很多事情，不過就慶祝這次的伊思忒調查總算結束。」

「好啊，那麼事不宜遲。」

喀啷。兩支玻璃杯輕輕相撞，發出鈴鐺般的清脆聲響。

艾因先一步將玻璃杯放到吧檯上，克莉絲則還在品味飲品。艾因望著細長的香檳杯，視線集中在克莉絲指尖輕捻杯腳的動作，還有放下高腳杯時為了避免發出聲音，用手指在底部做緩衝的貼心舉動。這一連串的禮儀就如畫一般美麗。

沉浸在乾杯的餘韻中，過了一會兒，先開口的人是艾因。

「多虧了奧茲教授，各方面都獲得了幫助呢。」

「真是太好了……我也安心了許多。」

這次來到伊思忒的旅程，獲得了許多寶貴的情報。

其中，與名為奧茲的研究學者相遇，成了他們寶貴的財產。

「接下來要調查的地點，就是冒險家小鎮巴爾特吧。」

「按照從奧茲教授手上拿的資料，我也這麼認為。」

「魔王城就在附近吧。那是什麼樣的地方？」

「唔嗯……是座廢墟喔。是一片半毀的城邊都市，唯有聳立在最深處的魔王城，在過了好幾百年後的現在仍然不變，依然雄壯威武。」

「感覺有很多冒險家會去。」

「不不不，那附近是禁止進入的區域，基本上是不能靠近的。」

主要是因為有危險。

「老實說，我們也沒有把握那裡有多麼危險。雖然多次派遣過調查隊，不過那附近也有很多凶惡的魔物。」

「也就是說，無法輕易前往。」

「是啊，而且魔王城附近似乎還有某種封印，甚至沒辦法打開大門。」

接著，她突然認真地望著艾因。

看著和以往不同的她，艾因不禁感到心動。

「經過了這麼長久的時間，仍然發揮效力的封印……仔細想想，做得到這種事情的魔物，已經被艾因殿下給吸收了呢。」

「啊啊，是在指死靈巫妖嗎？」

「沒錯。那個封印經過這麼久的時間仍然發揮著作用，您不覺得這種事情只有她做得到嗎？」

「經妳這麼一說，的確……我在心裡問問——」

「請您不要問她喔。就算只是說笑也不可以喔。要是發生了什麼事可是很危險的。」

「……我知道啦。」

艾因「咳嗯」地清了清喉嚨，克莉絲則對此露出微笑。

「說到在魔王城附近還有沒有感應到其他東西……當時我有感受到被某種東西監視的氣息，羅伊德大人似乎也抱有相同的感想。不過只是有那樣的氣息，對方沒有做出任何舉動，也沒有攻擊我們。我們只是一直警戒著強者的氣息——啊，您需要續杯嗎？」

「謝謝妳，那就麻煩了。」

克莉絲放下翹起的腿站起身，修長白皙的腿隱約從開高衩的裙襬中透了出來。她優雅地走著，倒了兩人份的新飲料後回到了座位。

坐下來時，一股陌生的花香自她的脖頸，又或是頭髮飄散出來。

「這股香氣是……」

「我想說偶爾這樣也不錯……便擦了一點香水。氣味太過刺鼻了嗎……？」

克莉絲露出難過的表情。她不太習慣穿現在這樣的服裝，也不習慣擦香水。縱使有機會參加宴會，那也總是穿著騎士服便能參加的場合。不過她現在的打扮，足以激起社交圈千金們的嫉妒心吧。

「我認為很適合克莉絲小姐，很不錯。這個氣味甚至讓我想多聞一點呢。」

「聽、聽到您說想多聞一點，就算是我也會感到害羞的……唔嗚……」

不小心說過頭了嗎……

或許艾因有些稱讚過頭了，不過這並不是客套話。克莉絲表現出平時不會展現的充滿女人味的一面，光是能不讓她感到後悔就已經夠了。

艾因難為情地搔了搔臉頰。自己感受到的這點害臊肯定沒什麼大不了的。

「真、真的不要緊嗎？您應該沒有顧慮我吧……？」

克莉絲又靠近他大概十公分左右。

距離這麼近，這股甜美香氣甚至可說是克莉絲本人的費洛蒙，幾乎都要融化他的思緒了。不過要是拉開距離，恐怕會傷害到她的感受。

克莉絲由下往上望著艾因。雖然害臊卻仍拚命詢問自己的模樣，和她的外貌相反，看上去楚楚可憐。回過神來，艾因的袖子甚至被她緊緊抓著，不過這並非她的小心機，而是平時被稱為廢柴的她太過拚命導致的結果。

「不要緊啦！我覺得這是很沉穩的香氣喔？」

「真的嗎？我可會相信喔！」

「妳可以相信我……不，應該說若妳對此存疑，我會感到很受傷。」

於是克莉絲放開了艾因的袖子。

「其實這是我故鄉的香水。」

「妳說的是精靈的故鄉？」

「是。您有興趣嗎？」

「當然啊。雖然我想去看看，不過我有聽說過那裡是個封閉的地方。」

雖然他不要求有人歡迎他，不過要他去拜訪排外的場所，也讓他覺得過意不去。因此他認為即使自己主動去拜訪，也不會那麼輕易就獲准進入吧。

「若對象是艾因殿下和奧莉薇亞殿下，我想能夠順利地進去喔。畢竟兩位繼承了樹妖族的血脈。」

艾因不懂話中意涵，露出了疑惑的表情。

克莉絲開心地微笑，聲音聽起來很愉悅。

「瑪瓊利卡先生也說過，據說樹妖族的祖先是世界樹。而精靈則信仰著世界樹，因此也對樹妖族懷抱良好的印象。」

「……原、原來如此。那麼我找一天去看看好了。可以拜託克莉絲小姐帶我去嗎？」

「那當然！請包在我身上吧！」

克莉絲雙眼發光，勾起嘴角。

「啊……失、失禮了！剛剛明明在談論魔王城的事情……」

「我說過了，妳不用在意。反正還有很多時間，我們慢慢聊，好嗎？」

就在他們暢談的時候，太陽開始緩緩升起。不過水上列車沒有絲毫前進的跡象。

這是當然的，畢竟連接陸地的橋樑遭到破壞，就算要使用魔具修理，也必須從最近的城鎮或都市運輸過來。

「雖然不知道會不會去魔王城，不過我對冒險家之鎮巴爾特有興趣。我記得之前有談到，那裡裝飾著初代陛下討伐的巨大魔物亡骸，對吧？」

「呵呵，艾因殿下果然很在意那個裝飾。」

接著她再次認真而筆直地凝視艾因。

「雖然發生過睿智之塔的騷動等許多事情……不過我認為，艾因殿下正漸漸成為像是初代陛下那樣的大人物喔。」

「咦？真的嗎？」

「是啊，十分出色又英勇——非常帥氣喔。」

克莉絲充滿情感的話語，搭配那雙湛藍(Sapphire)的雙眼撼動著艾因的心。

太陽自地平線的另一頭升起，在晨曦光輝照耀下的她看起來莫名莊嚴，纖長的睫毛甚至根根分明。

「呃，聽到妳這麼直接的稱讚很讓人害臊，所以別說了吧……」

總覺得和平時的立場相反了。

艾因有些彆扭地撇過頭，不過內心並非如此，他只是想要隱藏自己對克莉絲紅了臉的事實。克莉絲雖然察覺他的情緒，卻沒有戳破，只是心情愉悅地眺望著太陽升起的光景，邊晃動雙腿邊哼著歌。

「艾因殿下，艾因殿下。」

繼續撇開臉實在太失禮了。艾因拚命地讓心情平復下來後回過頭，便被克莉絲那散發著陽光一般的耀眼笑容奪去了目光。

「以後再一起旅行吧。」

那是在前往伊思忒的旅途中，艾因沒有得到的回應。

艾因立刻點點頭，簡短地回了一句「說得也是」並再次和她乾杯。

後記

我是作者結城涼，這次非常感謝您購買《魔石傳記》第三集。第三集是否讓您看得開心呢？

接下來的第四集，終於到了冒險家之鎮巴爾特，並提到舊魔王領的故事。WEB版中十分受歡迎的角色們也將登場，與寄宿在艾因身體裡魔石的主人們也有關係，就艾因的角度來看，在這段故事裡將會迎來巨大的轉捩點。

若是各位讀者今後也能繼續陪伴艾因的故事，我會感到很開心。

另外，漫畫版也終於開始連載了。由菅原健二老師作畫，於Dradrasharp＃連載中！我也以讀者的身分看得十分開心！

看到艾因一行人活力充沛，展現出充滿魅力的模樣，我不禁十分感動。尚未看過的讀者，歡迎大家也看一下漫畫版！

最後要向大家致上謝意。各位讀者，以及第三集也繼續幫忙繪製艾因一行人插畫的成瀨老師，還有兩位責任編輯大人。多虧有了各位，我才能像現在這樣出版第三集。從今以後，《魔石傳記》也請多多指教。

國家圖書館出版品預行編目資料

魔石傳記 ：獲得魔物力量的我是最強的!/結城涼作 ；
都雪譯. -- 初版. -- 臺北市：臺灣角川股份有限公司,
2024.05-
冊； 公分. -- (Kadokawa fantastic novels)
譯自：魔石グルメ 魔物の力を食べたオレは最強！
ISBN 978-626-378-933-3(第3冊：平裝)

861.57 113003083

Kadokawa
Fantastic
Novels

魔石傳記 獲得魔物力量的我是最強的！ 3

（原著名：魔石グルメ 魔物の力を食べたオレは最強！ 3）

2024年5月8日 初版第1刷發行

作者：結城涼
插畫：成瀬ちさと
譯者：都雪

發行人：台灣角川股份有限公司
總監：呂慧君
總編輯：蔡佩芬
主編：林秀儒
副主編：楊鎮遠
設計指導：陳晞叡
美術設計：周欣妮
印務：李明修（主任）、張加恩（主任）、張凱棋

發行所：台灣角川股份有限公司
地址：104台北市中山區松江路223號3樓
電話：（02）2515-3000
傳真：（02）2515-0033
網址：www.kadokawa.com.tw
劃撥帳戶：台灣角川股份有限公司
劃撥帳號：19487412
法律顧問：有澤法律事務所
製版：巨茂科技印刷有限公司
ISBN：978-626-378-933-3